口入屋用心棒

火走りの城

鈴木英治

双葉文庫

目次

火《ひ》走《ばし》りの城

口入屋用心棒

第一章

一

目尻が垂《た》れ下がっている。

にやついている。

米田屋光右衛門《よねだやみつえもん》は、自分の顔がゆるみきっているのを知っている。特に、えらの張った顎《あご》がにたにたしているようだ。こみあげてくる笑いを抑えきれない。

「坊はいい子だなあ。この界隈《かいわい》じゃあ、一番かわいいぞ。いや、この界隈ってことはないな。江戸で一番かわいいんじゃないか」

光右衛門は細い目を、松葉のようにさらに細くさせた。

「江戸で一番か。ということはだな、この日《ひ》の本《もと》の国で一番ってことじゃないか」

光右衛門が囃《はや》すようにいうと、膝に抱かれた孫がつぶらな瞳を和《なご》ませて、きゃっきゃっと笑う。

「ああ、なんともかわいいもんだなあ」

まさに、けがれがないという形容がぴったりの笑顔を目の当《ま》たりにして、光右衛門はしみじみと幸せな気分に包まれた。ようやく秋らしい涼しい風が吹きはじめ、少しはすごしやすくなったが、焼芋《やきいも》でも懐にしまい入れたかのように、胸のあたりがほっこりとあたたかい。

これまでこんな感じは抱いたことがなかった。子供が生まれたときも幸福だったが、それ以上のものがある。いや、この感じは初めてではない。光右衛門は、娘のおあきに子が生まれたときのことを思いだした。初孫である。名は祥吉《しょうきち》。あの子が生まれたときも、同じように胸があたたかかった。

焼芋という言葉が脳裏に浮かんだのは、赤子からなんともいえない甘い香りがしているからかもしれない。知らず光右衛門は深い息をしていた。息をするたびに幸せな気持ちが深まってゆく。

赤子がぷっくらとした手を伸ばし、光右衛門の顎に触れてきた。光右衛門はあわてて自分の顎をさすってみた。ほっとする。

「うん、これなら大丈夫だ。ひげはないものな。もしざらざらしたひげに触れて、坊の手が切れでもしたら、一大事だものなあ。坊は泣きわめいちまうだろうし、わしはおろおろしちまうよ」

光右衛門は赤子にささやきかけた。赤子はうれしそうに光右衛門の幅広の顎をなで続けている。

「坊はそんなことがおもしろいのかい。わしにはなにがそんなに楽しいのか、さっぱりだよ。赤子というのは、まだ人になりきっていないところがあるんだねえ。——おや」

光右衛門は目を凝《こ》らした。

「歯《は》が生えているのかな。まだ生まれたばかりなのに、早いねえ。まさか鬼子《おにご》ってことはないよなあ。こんなにかわいいんだから。いや、待てよ」

光右衛門はうつむき、考えこんだ。

「生まれたときから、すでに歯が生えていた人で、名のある人って、確かいたなあ。誰だったかな。ああ、孟子《もうし》だったかな。そんな気がするけど、ちがうかな。まあ、どうでもいいよ。つまり坊は、それだけの偉い人になるってことなんだよ。この力強い目を見れば、わかるってものさ」

どこか他の子らとは異なる光が瞳に宿っているような気がする。大物の相が出ているのではないか。

それにしてもかわいいなあ、とつぶやいて光右衛門はじっと赤子を見た。かぶりついて食べたくなるようなかわいさだ。

いきなり赤子が顔をゆがめ、わめくように泣きはじめた。

「坊、ど、どうしたんだい」

光右衛門はおろおろした。

「おむつかい。それとも、おなかが減ったのかい」

光右衛門はまずお尻を見てみた。おむつが濡れていた。光右衛門は赤子を仰向けに寝かせ、手際よく替えた。

「どうだい、手慣れたものだろう。なんといってもわしは、さんざんおあきたちの世話をしたからなあ」

おむつを替えたことで赤子は泣きやみ、にこにこしている。なにか機嫌よくつぶやいているが、光右衛門にはきき取れない。しかし、なんでも答えてやるほうがいいのは、これまでの経験からわかっている。

「そうかい、そうかい。気持ちがいいんだね。おまえが気持ちいいと、わしもうれしくなってくるよ」

光右衛門は赤子を抱きあげ、頬ずりした。赤子はまた声をだしてはしゃぎはじめた。考えてみれば、頬ずりをしたくて、ひげを常に剃《そ》るようにしたのだ。幼かった頃のおあきたちに頬ずりして、ひげが痛いといわれたのを思いだしたのである。

「本当にかわいいなあ。我が子よりかわいいというが、本当だなあ」

あれ、と不意に思った。赤子を見直す。

「坊、名はなんていうんだい」

むろん赤子は答えない。

「わしの孫なのに、どうして名がついていないんだい」

光右衛門は首をひねった。おかしいな、とつぶやく。その謎を解くには、赤子の親にきくしかない。顔をあげて、直之進とおきくを探す。

探すまでもなかった。直之進《なおのしん》がすぐそばにいて、笑顔でこちらを見ている。

おお、と光右衛門は感嘆した。ずいぶん町人らしくなったものだ。見ちがえてしまいそうである。

直之進は侍の髷《まげ》ではなく、町人の髷に直している。腰には刀も帯びていない。あの刀は主君の又太郎《またたろう》さまから拝領したもので、愛着もあるだろうし、今もきっと大事にしているのだろうが、店の仕事をしている最中はその気配など毛ほども見せない。袴《はかま》もはいておらず、紺色の渋めの小袖《こそで》を身にまとい、ねずみ色の帯を巻いているだけだ。

仕事ぶりも堂に入ったものだ。以前、光右衛門が病に倒れたとき、もっともあれは仮病だったが、直之進に店の仕事を頼んだことがある。

あのとき直之進は得意先にご用聞きに行ってくれたが、そつなくこなすどころか、光右衛門以上に働いて、多くの注文を取ってきてくれた。あのとき、光右衛門は直之進を婿にしたいと強烈に願ったものだったが、それがこうしてうつつのものになった。これ以上の幸せがあろうか。

あとは、物腰がほんの少しだけやわらかくなったら、完璧なのではないか。まだ武家らしいかたさが、ときおり垣間見られる。生まれてからずっと侍なのだから、そのあたりは仕方ないだろう。追い追いその辺は変わってゆくにちがいない。

光右衛門は、直之進が江戸に出てきたときから知っているが、その頃にくらべたら、だいぶ堅苦しさが消え、伸びやかになってきた。だらしなくなったというのではなく、おおらかさが表に出てきたという感じだろうか。もともと直之進が持っていた気質が、江戸での自由な暮らしのおかげで、殻を破ったような気がする。

「婿どの」

光右衛門は静かに呼びかけた。おきくの亭主として自分の息子になった以上、名を呼び捨てにしてもかまわないのだろうが、さすがにそれはためらわれ、こういう呼び方をしている。

「この子はなんという名だったかな」

直之進が微笑する。

「お忘れですか。お義父《とう》さんがつけたのですよ」

「えっ、そ、そうだったかな」

まったく覚えがない。それなのに忘れてしまうなど、どうかしている。

「わしは、この子になんてつけたのかな」

「光之助《みつのすけ》ですよ」

ほう、なかなかよい名ではないか、と光右衛門は自画自賛して思った。

「光之助」

目の前の赤子に呼びかけた。だが、いつの間にか赤子は、光右衛門の腕のなかでぐっすりと寝ている。

健《すこ》やかな寝息が耳に心地よく、やわらかな重みがかわいくてならない。頰をつつきたくなるが、無理に起こすのも忍びない。赤子は寝るのが仕事なのだから。

わしも一眠りするかな、と光右衛門は光之助をそっと抱き締め、壁にもたれて目を閉じた。

おや、どこかで湯が沸いているのかな。

光右衛門は首をかしげた。しゅるしゅるしゅるしゅると、やかんから湯が噴きだしているような音が頭のなかで鳴ったのだ。

やかんをおろしたほうがいいな。

光右衛門はおあきを呼ぼうとした。だが、その前に不意にやかんの音がやんだ。と思ったら、どーん、という数十の雷が同時に落ちたような音が轟《とどろ》き渡った。

光右衛門ははっとして目をあけた。小さく地響きが伝わってきた。柱や壁が、みし、ぎし、と音を立てる。

あわてて立ちあがる。

今のはなんだい。そういえば、この前も同じような音をきいたな。はて、あれはいつのことだったか。

ほの明るい部屋に光右衛門はいた。まるで別の世界にやってきたようなちぐはぐさを感じる。

一瞬、自分がどこにいるのか、わからなかった。隅の行灯《あんどん》が、じじ、と音を発して黒い煙をあげた。煙は天井に吸いこまれていった。それで、光右衛門は我に返り、居間にいることを知った。

「ああ、さっきのは夢だったか」

もちろん、腕のなかに赤子などいない。だが、光之助の重さはしっかりと感触として手のうちに残っている。それだけに、落胆の思いは強かった。いい夢だった。また夢の中に戻りたい。それだけにさっきの大音《だいおん》は許し難い。

目の前の皿の上に、焼芋のへたがちょこんとのっている。かすかに焼芋のにおいが漂っている。それで、どうして眠ってしまったのか、光右衛門は解した。夕餉《ゆうげ》のあと、少しだけ酒を飲んだ。そして、焼芋もおやつのように食べた。それですっかりいい気持ちになり、壁に背中を預けてうたた寝していた。

しかし、今はそんなことを考えている場合ではない。

「おとっつあん」

台所で洗い物をしていたらしい三人の娘が居間にやってきた。おあき、おれん、おきくである。三人とも、不安そうな表情を隠せずにいる。

おあきのせがれの祥吉も、一緒にやってきた。祥吉は、おあきの腰にすがりつくようにしている。六つだというのに、まだまだ甘えん坊だ。

「今の、きいた、おとっつあん」

裾をそろえて座り、おあきが問うてきた。瞳に気がかりの灯が揺れている。

「うん、きいたさ」

光右衛門はできるだけ冷静に答えた。

「この前のと同じような音だったわね」

これはおきくである。頬が上気している。

「ああ、そうだな」

「また大砲《おおづつ》が、どこかに撃ちこまれたのかしら」

おきくの双子の姉であるおれんが、ふだんとはやや異なる大きな声音《こわね》でいった。

「かもしれん」

外へ出てみるか、と光右衛門はおあきたちを誘った。

秋の日はとうに暮れ、あたりはうっすらとした闇が覆い尽くしている。上空は鮮やかに晴れ渡っているが、わずかに南のほうに雲のかたまりが眺められる。

星が隙間がないほどにびっしりと寄り集まり、競い合うように輝いている。月はどこにも見当たらない。雲に隠れているのか。それとも、まだのぼっていないのか。家々の屋根にさえぎられるような低い位置にあるのか。

米田屋の面する大道に、大勢の人たちが出てきていた。皆、憂《うれ》い顔で南の方角を見やっている。ひそひそと顔を寄せ合っている者もいれば、興奮した様子で声高に話をしている者もいる。

乱打されている様子の半鐘《はんしょう》の音が、そよりと吹く風に乗ってかすかに届いているが、あれは大砲の玉が落ちたあたりで鳴らされているのだろうか。

「米田屋さん、きいたかい」

道を小走りに横切り、声をかけてきた者がいた。はす向かいで八百屋《やおや》を営んでいる長左衛門《ちょうざえもん》である。いつも冗談を口にしてばかりいる陽気な男だが、今は眉根を寄せ、似つかわしくないむずかしい顔をしている。

「ああ、すごい音だったね。この前のと同じかな」

長左衛門が唾をごくりと飲みこんで、うなずく。

「うん、大砲だろうね」

数日前、大砲騒ぎがあり、日本橋南鍛冶町《にほんばしみなみかじ》にある北野屋《きたのや》という呉服屋が玉に直撃され、幼子を含む家人や奉公人など、七人の死者が出たときいた。

いったい誰がなんのために大砲を放ったのか。犯人がつかまったという話は、いまだにきかない。

このあたりの町々を縄張としている樺山富士太郎《かばやまふじたろう》も、ここしばらく姿を見せない。そちらの探索に駆りだされ、かかり切りになっているのではあるまいか。

長左衛門が背伸びし、心配そうに南の雲のかたまりのほうに目をやった。

「いったい全体、どこに落ちたんだろう。あっちだってのはわかってるけど、どのあたりかねえ。また日本橋かねえ。まさか商家に落ちたんじゃないだろうねえ。死人が出てなきゃいいけど」

二

曲線を描いて夜空を突き進んでいた赤い玉がふっと消えた。

増上寺《ぞうじょうじ》の本堂の屋根瓦が砕け、はねあがったのが闇の向こうに見えた。直後、耳を聾《ろう》する大音が響き渡った。地震のように地面が揺れ、地響きが伝わった。

鉄槌《てっつい》を振るったかのように玉が屋根にめりこみ、天井を突き抜ける光景が目に見えるようだ。ぶち当たった畳を貫き、床下で玉は炸裂したにちがいない。

巨人の手に押し潰されたかのように、本堂は一瞬にして崩れ落ちていった。

直之進は刮目《かつもく》した。せざるを得なかった。増上寺は参勤交代で江戸にやってきたとき、同僚たちと見物に行ったことがある。本堂の見あげるような大きさと、あまりの境内《けいだい》の広さ、付属するおびただしい建物の数、修行している僧侶のとてつもない人数など、すべてに声をなくしたのを覚えている。

それが今や、増上寺を代表する建物である本堂の屋根が、無残にも視野から消え失せようとしていた。

信じられない。いずこから放たれたか、大砲の玉はすさまじい威力を持っている。北野屋を崩壊させ、七人の死者をだしたときより、数段上ではないのか。つまり、今回のは増上寺を撃つために用意された特別に大きな玉なのだろう。

「行くぞ、湯瀬《ゆせ》」

佐之助《さのすけ》が怒鳴りつける。

「なにをぼんやりしている」

ああ、すまぬ、と直之進は我に返って答えた。すでに佐之助は走りだしている。直之進はそのあとにすばやく続いた。いくら驚きが強すぎたとはいえ、佐之助の後塵《こうじん》を拝《はい》するなど、どうかしている。

大砲はいったいどこから放たれたのか。駆けつつ、直之進は目を動かして目星をつけようとするが、さっぱりわからない。

ここから近いことは近いだろう。右側からきこえたような気がするが、それも判然としない。

あるいは、背後からだろうか。振り返って確かめたい衝動に駆られたが、そんなことをしたら、足が遅くなる。今は一刻も早く増上寺に行かなければならない。

増上寺の本堂にいた者はどうなったのか。あれだけの建物が瞬時に潰れたとすれば、どんなに運が強い者でも、無事では済まされまい。一瞬にして、おびただしい死者と怪我人が出たに決まっている。

あの寺には将軍がいるという。今日、先祖の墓参のためにやってきて、泊まってゆくらしいのである。

増上寺は広大な寺域《じいき》を誇っている。将軍はいったいどこに泊まるのか。まさか本堂ということはないだろう。そう思うが、果たしてどうだろうか。今この瞬間、配下の者たちとともに太い柱や梁《はり》の下敷きになっているということはないのだろうか。

それとも、将軍は増上寺に泊まることなく、千代田城に帰っていったのだろうか。それならば、もうあの寺にはいないかもしれない。そうであるのを今は祈るしかなかった。

直之進は必死に駆けた。佐之助を追い抜くつもりでいる。

だが、佐之助の足は速い。あいだをあけられないようにするのが精一杯で、追い抜くどころか、追いつくことすらできそうになかった。

佐之助の背中からは、熱気が陽炎《かげろう》のようにあがっている。それを見ながら走っていると、この男の心から熱い炎がゆらりと立ちあがっているのではないか、という錯覚に陥る。

どうしてこの男は、こんなにも燃えているのか。兄のしくじりで家が取り潰されたとはいっても、やはり元御家人だから、将軍の危機に際しては、いても立ってもいられないのか。将軍のために命を投げだす覚悟は、今も変わらないのか。

佐之助の顔は見えないが、目つきも凄みを帯びているのではあるまいか。

俺も、と直之進は思った。もし主君の又太郎さまが同じような運命に襲われたなら、燃えるような思いを抱いて道を必死に駆けるにちがいなかった。

直之進は、背後から激しい息づかいをきいた。富士太郎と珠吉《たまきち》の二人である。

この二人は、平川琢ノ介《ひらかわたくのすけ》の依頼を受けて馬浮根屋《ばふねや》という変わった名の料亭を調べはじめたのだが、あるじの箱右衛門《はこえもん》につかまり、監禁されてしまったのである。

琢ノ介から二人が行方知れずになったという知らせをきき、直之進は和四郎《わしろう》、琢ノ介とともに馬浮根屋に忍びこんだ。すでに馬浮根屋からはきれいさっぱり人けが消え、もぬけの殻になっていた。

それでもあきらめることなく、直之進たちは富士太郎たちの姿を探し求めた。和四郎が蔵の地下に部屋があることに気づき、直之進たちは入りこんだ。

だが、そこに富士太郎たちはいなかった。逆に直之進たちは二人の棒術遣いに襲われた。それはなんとか返り討ちにしたものの、今度はその部屋に閉じこめられ、水攻めに遭った。部屋が水で一杯になり、危うく溺死しそうになったが、直之進たちはかろうじて死地を脱することができた。

そのとき、不意に姿を見せた佐之助が力を貸してくれたおかげで、溺れかけた琢ノ介も地上に這い出ることができた。

直之進は不意に佐之助があらわれた、と感じたが、考えてみれば、前触《まえぶ》れめいたものはあった。馬浮根屋に忍びこむ前、誰かの視線を覚えたのがそれである。

あの目は敵意を抱いたものではなかった。むしろ、やわらかさすら感じたほどだ。あの視線こそ、紛《まぎ》れもなく佐之助のものだったのだろう。

佐之助は直之進に、恩返しをしたかったと告げている。だから、ずっと直之進たちのそばにいたのだ。

足を忙しく動かしつつ、直之進は顔をしかめた。馬浮根屋でようやく佐之助の視線に気づいたのだから、自分も間が抜けている。

その後、五代屋《ごだいや》という、以前火事に遭った廻船問屋の浜松町の別邸に直之進たちは赴《おもむ》き、そこで富士太郎たちを見つけた。富士太郎と珠吉の二人は縛《いまし》めと猿ぐつわをされていただけで、怪我も負っておらず、命に別状はなかった。

それにしても、琢ノ介は大丈夫だろうか。直之進は案じた。あの男のことだ、へっちゃらだろう。

佐之助もいっていたが、人というのは三百ばかり数えるあいだ息をしなかったとしてもそうたやすく死にはしないものだし、琢ノ介は肺の臓に入りこんだ水をしっかりと吐きだした。

それに、太りすぎとはいえ、もともと体は頑丈にできている。あの程度で、くたばるはずがなかった。

またいずれ、あの人なつこい笑顔に会える。会ったら、なにかおごってやろう。なにがいいだろうか。

あまり太らないものがよかろう。甘い物や油を使った物、酒は駄目だ。その三つが好きな者はたいてい肥《こ》えている。

考えてみれば、琢ノ介はその三つに目がない。死の際から生還したのだから、やはり好きな物を食べさせてやったほうがいいかもしれない。天ぷらに酒くらいは大目に見てやろうか。

脳裏に、琢ノ介の顔が浮かんできた。にこにこしている。

やつはきっと目を覚ましたのだ。介抱してくれている和四郎から事情をきき、琢ノ介なりに直之進たちを応援しようとする気持ちが盛りあがったにちがいない。その思いが、笑顔として直之進の脳裏にあらわれたのだろう。

よし、まかせておけ。直之進は琢ノ介に力強く請け合ったが、増上寺はなかなか近づいてこない。

千代田城の裏鬼門である将軍家の菩提寺までほんの五町ほどにすぎないのに、それが今は一里ほどに感じる。気が急《せ》いているときはそんなものであるのはわかっているが、それにしてもずいぶん遠い。

佐之助も同じ思いのようで、さらに足を速めた。背中の炎が大きくなり、揺らめいて立ちのぼっている。

今やしっかりとした形をなして、直之進の瞳に映りこんでいる。佐之助の懸命さが伝わってきた。幕臣でなくなっても佐之助にとって、それだけ将軍というのは大事なのだろう。

佐之助の炎にあぶられた直之進は、その熱気に引っぱられている。置いていかれまいと、必死に足を動かし続けた。

うしろの二人はやや遅れはじめている。だからといって、直之進に待つような真似はできない。ここは富士太郎と珠吉にがんばってもらうしかなかった。

富士太郎もそのことはわかっているようだ。息づかいは荒いが、足をとめようとはしていない。

珠吉も老体に鞭打って走っているにちがいない。顎を突きだし、両肩を激しく上下させている姿が目に見えるようだ。

道には大勢の者たちが出て、増上寺のほうを眺めている。

黒々としたなかに赤みがまじる天に向かって、のたうつ蛇のような太い煙が幾筋もあがり、その姿を大きく伸ばしている。あれは火が出ているにちがいなかった。

町人や侍、大人、年寄り、子供を問わず、わいわいがやがやと騒いでいる。直之進たちと同じように増上寺に向かって走っている者もまた目立つ。

子供同士でまとまって走っている者も少なくなかった。帰れ、と直之進は怒鳴りつけたかったが、この興奮ぶりでは聞きはしないだろう。

並んで走っている何人かの男の子が、びっくりしたように直之進を見る。それも無理はなかった。直之進は忍び装束を身につけているのだから。

忍び頭巾まではかぶっていないが、こんな姿は滅多に目にすることはなかろう。男の子たちにとって、初めてのことにちがいあるまい。

それまで着ていた小袖や袴は、馬浮根屋の蔵の地下で水攻めにされたとき、大量の水が出てくる口をふさごうとして、脱いでしまった。佐之助の助力もあって、脱出には成功したものの、着物はその場に置き去りだった。

いま着用している忍び装束は、佐之助が殺した忍びが着ていたものだ。地下から外に出たとき、三人の忍びが背中を一突きにされて横たわっていたのだ。

あの忍びがいったい何者なのか、直之進たちにはわかっていない。三人の忍びが馬浮根屋にいた以上、箱右衛門という男が一党を率いているのではないか、という推測が今のところ成り立つにすぎない。

直之進たちは、増上寺の広々とした参道に入りこんだ。そのまままっすぐ進むと、ようやく巨大な山門が見えてきた。

まだ一町ばかりの距離があるにもかかわらず、直之進たちを見おろすような偉《い》容《よう》に圧倒される。

おびただしい野次馬が群れをなしている。その人垣のあいだから、あけ放たれた山門がちらりと見えた。

山門の前で、旗本らしい侍たちや大勢の供の者が右往左往しているのがわかった。大きくひらいた山門を、うろたえたように、ただ出たり入ったりを繰り返している者も少なくない。

ということは、と直之進は思った。将軍はまだあの寺にいるのだ。考えてみれば、それも当たり前である。

佐之助の考えが正しいとすれば、将軍を狙って玉が撃ちこまれたのだから、すでに寺を出ていたとしたら、大砲が放たれるはずがない。

将軍がいるときに、増上寺に大砲の玉を撃ちこまれたという戸惑いが大きく、いったいなにをしたらいいのか、どうすればよいのか、旗本たちはまるでわかっていないようだ。あわてふためいて、あっちへ行ったりこっちへ来たりをしていれば、ほかの者がなんとかしてくれるだろうという期待があるようにしか見えない。

佐之助の舌打ちがきこえた。旗本たちのあまりの不甲斐なさが許せないようだ。まずはなにをおいても、あるじの許に駆けつけなければならないはずだ。それがどうしてできないのか。

山門のあいだから、炎が見えている。やはり火事になっていた。大きくなりつつある炎は、天を一気に我がものにしようと何本もの腕を伸ばしている。これからますます火勢は強くなりそうだ。

煙はあたりを覆い尽くしている。天に向かって吐きだされているはずだが、霧のようにわだかまり、地上近くを漂っている。

まわりの野次馬たちが、激しく咳《せ》きこんでいる。目もしみているようで、顔をしかめている者も多い。

直之進も目が痛かったし、咳が出そうになっているが、なんとか我慢した。なにしろ佐之助の速さに変わりはないのだ。しっかり前を見据えている。

自分も同じようにしなければならない。佐之助にできるのならば、俺にできぬはずがない。

直之進たちと並んで走っていた男の子たちは、いつの間にか背後に消え去っている。そのことに、直之進はほっとした。

半鐘がいたるところからきこえてくる。増上寺を取り巻く町のすべてで、鳴らされているのではないか。音の壁に取り囲まれたようなすさまじさだ。これならば、すぐに火消し衆がやってこよう。

山門にあと半町というところまで来て、佐之助がいきなり足をとめた。直之進はぶつかりそうになりながらも、かろうじてとまった。近くには大勢の野次馬たちが集まっている。

赤々と燃える火に照らされて、境内を逃げ惑っている僧侶たちの姿が見えた。黒い袈裟《けさ》を身にまとっているせいで、飛べない烏《からす》の群れが動いているように思える。

富士太郎と珠吉はやってこない。直之進が振り返って見ると、まだあと十間ほどの距離があった。

ふと視線を感じ、直之進は顔を戻した。佐之助が首をねじ曲げて、直之進をじろりと見ている。

「どうした」

直之進がいうと、佐之助がふっと笑いを漏らした。笑うと、この男は意外に人なつこい表情になる。前にも感じたことではあるが、もともとは快活な性格だったにちがいなかろう。

しかし、増上寺が発する熱に負けない熱気は佐之助から立ちのぼったままだ。それなのに、こうして笑うとはいったいこの余裕はなんなのか。

「湯瀬、その格好で、なかに入れると思っているのか」

いわれて、直之進は自らを見おろした。煙のせいで目が痛い。涙がじんわりと出てきた。咳きこみそうになったが、それはどうにかこらえた。

「確かに怪しすぎるな」

なんとかいって顔をあげ、佐之助を見つめる。

「おぬしは入らぬのか」

「入るさ」

こともなげにいった。

「だったら俺も入る」

「いくら旗本どもがあわてているとはいえ、その格好では無理だな」

「ならばこうしよう」

直之進は忍び装束をするすると脱ぎ捨てた。下帯一枚になる。いきなり秋の肌寒さが襲ってきた。急速に汗が引いてゆく。

「おぬしの長襦袢《ながじゅばん》を貸してくれ」

佐之助がにこりと笑って帯を解いた。

「これでよかろう」

ようやく富士太郎たちがやってきた。

「おぬしたちはここまでだ」

佐之助がいった。

「どうしてだい」

肺に穴があいたような息の切らし方をしている富士太郎が、口をとがらせてきく。目から涙を流している。富士太郎はその目で佐之助を仇のようににらみつけている。富士太郎にとって佐之助は憎むべき罪人の一人であり、必ずとらえなければならない人殺しなのである。

珠吉は青白い顔をしている。膝に手を当てて、激しく息をしている。背中が波打つように動いている。かろうじて顔をあげて、佐之助を見つめていた。いきなり咳きこんだ。大丈夫かい、と富士太郎が同じように咳をしながら珠吉の背をさする。

決まっている、と佐之助が富士太郎たちに宣するようにいった。

「増上寺は寺だ。町方のおぬしらは入れぬ」

珠吉の背中をさすりながら、富士太郎が叫ぶようにいう。

「こんな非常時ならかまわないさ。そうに決まっているだろう」

佐之助がやんわりと首を振った。

「さて、どうかな。厄介なことになるぞ。寺社方というのは、了見が狭い者が多いゆえな。しかし、きさまらがどうしても来たいというのならとめはせぬ」

体をひるがえし、佐之助が走りだした。どうやら、と直之進は思った。佐之助はここで息をととのえていたようだ。

息を切らしたままいきなり増上寺の境内に飛びこむより、ここでいったん息を正常なものに戻してからのほうが、くらべものにならないほどの働きができるだろう。

ことここに至っても、冷静な考えができることに、直之進は驚き、感心した。

すぐに佐之助を追おうとしてとどまった。

「富士太郎さん、珠吉さん、倉田のいう通りかもしれぬ。この場はここで見ていたほうがよい」

　佐之助と直之進が行ってくれるのなら、自分たちが増上寺に入りこんでも仕方ないということに、富士太郎も珠吉も気づいたようだ。珠吉が富士太郎を見あげた。

「旦那、湯瀬さまのおっしゃる通りにいたしましょう」

　その言葉を耳にするや、直之進は駆けだした。

「そこにいてくれ」

　叫ぶようにいった。富士太郎がうなずいたのを目の端でとらえる。

　すでに佐之助は五間ほど先を走っている。直之進は足を速めた。意外にあっさりと追いつくことができた。佐之助は直之進を待っていてくれたようだ。

　直之進は佐之助のうしろについたまま山門をくぐろうとした。

　だが、旗本たちに阻止された。ずらりと垣をつくりあげ、立ちはだかっている。熱気を背中に浴びているはずだが、そんなのはまったく意に介していない。

「なんぴとたりとも通すわけにはいかぬ」

凛《りん》とした声でいわれた。あたりは相変わらず右往左往している者ばかりが目立つが、なかには気持ちがしっかりしている者もいて、そういう数少ない旗本たちが山門を守っているのだ。

山門の前に壁をつくっている旗本衆は、無理に通り抜けようとする者がいれば、斬り捨てるという気概に満ちている。いつでも刀を抜ける体勢にあった。

こういう者たちがいることに、直之進は安堵《あんど》の思いを抱いた。まだ公儀も捨てたものではない。

本堂は燃え続けているが、すでに火消し衆が駆けつけているようで、大勢が群がっているのが見える。

纏《まとい》が激しく振られている。あれは、ここを壊すぞ、という合図だ。火消しというが、なにより延焼を食いとめるのが、火消し衆の仕事である。

怒号や叫び、ののしるような声が飛びかい、まるで戦場のようだ。

それにしても、と直之進は思った。玉が撃ちこまれた直後、本堂は大音響とともにぺしゃんこになったように見えたが、まだしっかりと建っている。

屋根の一番高いところに玉が撃ちこまれ、そのあたりが一気に崩落したにすぎないらしい。それが夜目《よめ》には、本堂のすべてが崩れ落ちたように見えたということのようだ。火消したちの仕事が奏功《そうこう》して、延焼を食いとめることができれば、案外に早く本堂の再建はなるかもしれない。

「上さまはご無事なのか」

佐之助が目の前の旗本にただす。

「ご無事に決まっておる」

一人の旗本が怒鳴るようにいった。しわの深さからして、五十近いのではないか。目は血走っているが、物腰にはどことなく冷静さが感じ取れた。

佐之助がその旗本をにらみつけた。

「ご無事を確かめたのか」

旗本がかぶりを振る。

「確かめてはおらぬ。だが、上さまは本堂にはいらっしゃらなかった。ゆえに、ご無事に決まっておる」

「そうか、本堂にいらっしゃらなかったか」

佐之助が肩の力を抜いたようにいった。

旗本からすんなりと目を離すや、いきなり駆けだした。

「どこへ行く」

面食らったが、直之進はあわてることなくうしろについた。

「ついてこい」

佐之助は、増上寺の長い塀に沿って駆けてゆく。

増上寺の塀は長い。いったいどこまであるのかとあきれるほど、延々と続いている。

「ここらでよかろう」

人けはまったくない。ここまで来ると、だいぶ煙も薄れている。目の痛みもなんとか消えつつあった。喉はなんともない。

「飛び越えるつもりか」

直之進は増上寺の塀を見据えてきいた。佐之助が、ご名答、といわんばかりに笑ってみせる。

「将軍の無事を、おのれの目で確かめるつもりか」

「そうせぬと気がすまぬ」

いい放って、佐之助が一間ほどの高さの壁に向かって跳びあがる。手をついたとも思えない。跳躍だけでひらりと越えてみせた。

直之進は瞠目《どうもく》した。自分にはとても真似できない業《わざ》だ。

遅れるわけにはいかず、直之進は塀に飛びつき、一気に腕に力を入れた。体を持ちあげるやあっさりと塀を乗り越え、地面に着地する。

「やるではないか」

佐之助が大木の陰に立っていた。

「手をつかずに越えたおぬしにいわれても、うれしくはない」

喧噪《けんそう》がきこえる。火消し衆が壊しているらしい木々のきしむ音が耳に届く。いまだに逃げ惑っている僧侶たちが発しているのか、悲鳴も耳を打つ。

「行くぞ」

佐之助がいい、走りだす。直之進はまたもうしろについた。ずっと佐之助の指示通りに動いている。人としてこの男のほうが上ということか。

それでも、おもしろくないという思いは少しもない。つまり、将軍が関わっている今はこの男が主になって動く、そういうことにすぎないのだろう。

別の件になれば、たとえば又太郎さまのこととなれば、自分が佐之助にいろいろと指示を発することになるはずだ。

佐之助は目当てがあるのか、まっすぐ駆けてゆく。あたりに人はいない。直之進たちを見とがめるような者は一人もなかった。

「どこに行くんだ」

直之進は耐えきれずにたずねた。

「御座の間だ」

「どこにある」

「そのあたりの建物のはずだ」

佐之助が闇のなか、黒々と浮かびあがる建物を指さす。さほど大きな建物ではないが、なかなかに風格が感じられた。

しかし見た感じ、人けは感じられない。将軍がいるとなれば、相当の警護の者がいるはずだが、きれいに掃除でもされたかのように人影はない。

直之進たちの目の前にあるのは、どうやら僧侶たちが暮らしたり、学んだりする学寮ではないだろうか。横に細長い建物がいくつも並んでいる。

「その学寮の左側だ」

佐之助が端の建物をまわりこむ。

「あれが御座の間がある建物だ」

そんなに大きな建物ではなかった。どこの寺にもある離れを二つ足した程度の大きさでしかない。書院造りの建物である。だが、そこにも人の気配は感じられない。

直之進は佐之助に引かれるようについていった。書院造りの離れをさらにまわりこむ。

「あれを見ろ」

佐之助が指さすさきを、直之進は見つめた。夜が深まってゆくなか、大勢の旗本衆が潮が引くように離れてゆく。あれは書院番や大番衆だろう。その中心にあるのは紛れもなく一挺の駕籠《かご》である。夜目でもその豪勢さは確かめることができた。距離は五十間ほどだろうか。

「あれに将軍がお乗りになっているのか」

「まずな」

「どこに向かっている」

さすがに将軍のそばに集められている者たちだけに、選び抜かれているようで、その動きは水際立っている。遣えそうな者ばかりだ。

「向かっているのは裏手の門だろう」

「そちらは大丈夫か。狙われるようなことはないか」

「まず大丈夫だろう」

佐之助が請け合う。

「どうしてそういえる」

佐之助がにこりとする。

「今頃、御座の間を出てゆかれるなど、ちと遅すぎるとは思わぬか。二撃目だってあるかもしれんのに」

確かに、と直之進は同意した。

「あれはどこを出てゆけばよいか、手をかけて安全な場所を調べていたにちがいあるまい。それで、裏門からなら大丈夫と踏んだ。そういうことだろう」

佐之助が顔をゆがめる。

「しかし、堂々と表から出ていかれるべきだった」

「どうしてだ」

佐之助がじろりと直之進を見る。

「きさまは、どうしてしかいえぬのか」

直之進はにこりとした。

「頭を働かすのもよいが、きいたほうが早いときはきくべきだろう」

佐之助が口の端に笑みを浮かべた。目は将軍の駕籠を追っている。

「あまり楽をしすぎると、肝心なときに頭が働かなくなるぞ」

直之進は黙って待った。実際のところ、答えはわかっている。

「もう知ったという顔だな。そうよ、こそこそと裏口から逃げるなど、将軍がなさるべきことではない。どんなに危なかろうが、表口から出られるべきだ。それでこそ、将軍がご無事であるということを、江戸の者たちに知らしめることができる」

「しかし、それは誰も考えなかった。将軍のお命を守ることしか、まわりの者たちの頭にはなかった」

佐之助がうなずいた。

駕籠が外に出ていったのが見えた。これから一路、千代田城を目指すのだろう。

とにかく、と直之進は思った。将軍は無事だった。今はそれでよしとすべきだろう。

だが、どうも腑《ふ》に落ちない。敵は大砲一発で本当に将軍を殺せると思ったのだろうか。

将軍を亡き者にする。それがそんなにたやすいことでないのは、幼子でもわかる。むろん、馬浮根屋箱右衛門もわかっているはずだ。

しかし、箱右衛門は次の手を打たなかった。大砲の玉が撃ちこまれ、火事になった混乱に乗じて、一気に増上寺に攻めこむというような真似もしなかった。

それがどうしてなのか、直之進には解せない。佐之助を見やった。

仁王立ちのようになって口をぎゅっと引き結び、ようやく火が鎮まろうとしている本堂のほうを鋭い目で見据えている。

三

「これからどうする」

佐之助にきかれた。わずかに頬に赤みを残しているが、背中からは炎が立ちのぼっていない。将軍の無事を知って、心が落ち着いたようだ。

「田端《たばた》村に行く」

直之進は答えた。登兵衛《とうべえ》の別邸にいったん、赴こうと考えている。

「ふむ、雇い主のところか」

さすがに直之進が雇われていることもすでに知っている。

「おぬしはどうする。一緒に来るか」

直之進は誘った。おっ、という顔で佐之助が目をみはる。

「かまわぬのか」

「むろん。まさかおぬしが登兵衛どのの命を狙うようなことはあるまい。いろいろと話もききたかろう。和四郎どのに連れられて、琢ノ介も来ているかもしれん」

「ああ、豚《ぶた》ノ介か。まったくやつは重かったな」

これは豚ノ介を水から助けだしたときのことをいっている。

「あの男のことだから無事だとは思うが、顔は見たいな」

「よし、ならば行こう」

直之進と佐之助は、連れ立って歩きはじめた。すぐにぶつかった塀をあっさりと乗り越える。

増上寺をあとにした二人は、道を田端村に取った。

半刻ほどで、こんもりとした森が見えてきた。あれは別邸の敷地内の木々である。鬱蒼《うっそう》としている。

直之進と佐之助は表門の前に立った。ぐるりを高い塀がめぐっている。直之進がなかに声をかけると、すぐに門がひらいた。二人は邸内に足を踏み入れた。敷石が続いている。それを踏んでゆくと、玄関にぶつかった。式台で和四郎が待っていた。佐之助が一緒であることに一瞬驚いたようだが、顔にだしはしなかった。

「どうぞ、こちらに」

和四郎の先導で直之進と佐之助は廊下を進んだ。

「琢ノ介はどうした」

直之進は、筋骨はたくましいが、どこかほっそりとしている背中に声をかけた。

「心配ご無用です」

和四郎が振り返って笑みを浮かべる。

「元気なものです。腹が減ったゆえなにか食べさせてくれ、とおっしゃっています。食べ物をおなかに入れる前に、お医者に診《み》てもらっていますが、あれなら、もう大丈夫でしょう」

やはり大丈夫だったか。安堵の思いが胸に満ちる。やはりあの男は自分にとって無二の友垣《ともがき》なのだ。

この男はどうだろうか。横を歩く佐之助を直之進はちらりと見た。なんだという顔で佐之助が眼差しを向けてきた。

この男とはいろいろあった。死闘をかわしたこともある。

だが、今はこうして肩を並べて歩いている。以前、知り合い方がちがったら、無二の友になれたのではないか、と思ったことがあったが、これからそうなることはないのだろうか。

無理だろうか。佐之助は鋭すぎる光を瞳に宿している。こんな鋭利な刃物のような男を無二の友にできるものなのか。

直之進たちは登兵衛の座敷の前にやってきた。和四郎がなかに声をかけ、静かに襖《ふすま》をあける。

登兵衛が端座していた。直之進を見て笑顔になった。続いて入ってきた佐之助を見ても、表情はまったく動かなかった。

「どうぞ、こちらに」

直之進たちは登兵衛の前に並んで腰をおろした。

「登兵衛どの、もうきいていると思うが」

直之進は前置きなしに言葉を発した。

「増上寺のことですね。はい、きいております」

「この男のことはご存じですね」

直之進は佐之助を示し、一応、登兵衛に確かめた。登兵衛が一礼する。

「むろんにございます。倉田《くらた》佐之助さまでございます。倉田さまが湯瀬さまや平川さま、和四郎を救ってくれたことも、存じております。ありがとうございました」

深々と頭を下げる。佐之助は軽く顎を動かしたのちに、すぐに口をひらいた。

「大砲が増上寺に撃ちこまれたのは、馬浮根屋箱右衛門の使嗾《しそう》によるものか」

「はい、湯瀬さまたちが罠にかけられたことからして、おそらくそういうことでございましょう」

「登兵衛どの、馬浮根屋箱右衛門というのが、何者なのか、わかっているのですか」

直之進にきかれ、登兵衛がかぶりを振る。

「いえ、まだ、さっぱりわかっておりません」

「では、これから調べることになるか」

登兵衛が唇を嚙み締める。

「後手《ごて》にまわってしまいましたが」

「別に登兵衛どのを責めているわけではありません」

「よくわかっておりますが、自分たちの不甲斐なさが情けなく」

「上さまはご無事なのか」

佐之助が声を発した。やや前屈みになっている。

「はい、ご無事にございます。お城に入られたとうかがっております。御番衆の皆さまの前でお元気な姿をお見せになられたと」

「影武者というようなことは」

登兵衛が微笑する。

「今の上さまが影武者をお使いになっているという話はきいたことがございません。本物の上さまにございます」

登兵衛が断言する。そうか、と佐之助がいって、すっと背筋を伸ばした。

登兵衛が深く息をする。

「これから徹底して馬浮根屋のことは調べることになりましょう。湯瀬さま、和四郎のことをよろしくお願いいたします」

「はい、わかっております」

直之進はちらりと佐之助を見た。この男も一緒に調べる気でいるのではないか。そんな気がした。それとも、いつものように独自の道を行くのだろうか。

ところで、と登兵衛がいった。

「すでに噂が流れています」

「どんな噂かな」

直之進はたずねた。

「増上寺に大砲を撃ちこんだのは、薩摩《さつま》の仕業という噂にございます」

「薩摩がな」

「もうその噂は町をめぐっております。江戸の町人たちのあいだでは、すでに不穏な空気が立ちこめておる様子にございます」

「薩摩屋敷が焼き討ちに遭うとか、そのような仕儀になりそうなのか」

これは佐之助がきいた。登兵衛が頰をふくらませ、すぐに息をついた。

「ないとは決していえませんが、薩摩衆は強いですから。江戸の町人たちもなかなかそこまではできぬでしょうね。まわりに集まって、石を投げるのがせいぜいというところではないでしょうか」

そうか、と佐之助がいった。

「どこから大砲が放たれたか、それはわかっているのか」

「わかっております」

登兵衛が強い口調で告げた。

「どこだ」

佐之助が勢いこんできく。

「下山三郎兵衛《しもやまさぶろべえ》という者の屋敷でございます。正しくいえば、屋敷でございました」

「それは何者だ」

佐之助がきく。直之進にはその名に覚えがあった。確か、和四郎が教えてくれたのではなかったか。

「この屋敷に世話になっている御仁では」

「その通りにございます。手前の友垣といってよい者にございます」

「勘定方につとめていたが、使いこみを疑われて取り潰しになったお方だったたな」

「取り潰しだけですんでよかったと思え、というようなことをいわれ、屋敷を逐《お》われたそうにございます。しかし、手前は信じておりませぬ。下山はまじめな男ゆえ、使いこみなどするはずがございませぬ」

「その下山という男の屋敷は、浜松町にあるのだな」

佐之助が目を光らせて確認する。それは直之進も知りたかったことだ。

「さようにございます。ちょっとした高台にございます」

「増上寺を狙うには、格好の場所というわけだな。では、その屋敷を奪うために、下山という男は濡衣を着せられ、放逐されたということか」

「そういうことでございましょう」

ならば、と佐之助がいった。

「濡衣を着せた者は誰だ」

「目付にございます」

「なんという者だ」

「甲山判五郎《こうやまはんごろう》という者にございます」

「目付の甲山か――。その者の背後に誰かいるということはないのか」

「はい。甲山の背後には、榊原《さかきばら》式部太夫《しきぶだゆう》さまが――」

また出てきた。老中首座の松平《まつだいら》　武蔵守《むさしのかみ》　忠靖《ただやす》の地位を狙っていると噂される男である。将軍に不始末を咎《とが》められ、うらみを抱いているかもしれない男でもある。

「すでに榊原式部太夫さまには、呼びだしがかかったようにございます。むろん、甲山判五郎にもでございます」

「早いな」

佐之助が感心したようにいう。

「いや、上さまのお命が狙われたのだから、当然のことか。いつ尋問は行われる」

「明日の朝早くときいております」

佐之助が顎をひとなでする。

「榊原は増上寺に大砲が撃ちこまれたとき、どこにいた」

「ご自分の屋敷にございます。上さまの墓参には、ついてきておりませんでした」

　佐之助が深くうなずく。

「ますますもって怪しいな」

「まことに」

「明日の尋問は松平武蔵守が行うのか」

「おそらくは」

「老中首座は知恵者ときくが、榊原はしらを切るであろうな」

「はい、とぼけきりましょう」

「証拠を突きつけねば駄目か」

「はい、そういうことにございましょう」

　佐之助がまたも目を光らせた。

「俺も探索に加わってもよいか」

　一瞬、驚いたようだが、登兵衛が納得したような微笑を浮かべた。

「よろしゅうございますよ。倉田さまが加わってくださるのなら、探索も一段と早く進むと思います」

登兵衛が直之進に穏やかな視線を投げる。

「湯瀬さまはいかがでございますか」

思いもかけないということはない。いずれこうなるのではないか、という予感がしていた。

「異存はない」

「それは重畳《ちょうじょう》」

登兵衛が顔をほころばせる。

直之進は佐之助を見た。佐之助もこちらを見た。

目が合った。佐之助が、よろしく頼む、と瞳で語りかけてきた。

こちらもよろしく頼む、と目で返した。

直之進と佐之助、和四郎の三人は登兵衛の前を辞した。

廊下を早足で歩いた。

「それで、どこから調べる」

佐之助にきかれ、さて、と直之進はいった。

「まだあまり考えはまとまっておらぬ。本当に薩摩の仕業なのかどうか。馬浮根屋箱右衛門どもが、噂を流して薩摩のせいにしようとしているのかもしれぬ。もしそうなら、我らの目をそらさねばならぬわけがあるはずだ」

「それは俺も同感よ」

佐之助の体から、またも炎が立ちあがりはじめている。

「湯瀬、薩摩示現流の遣い手らしい者に襲われたといったな」

「ああ」

うむ、と佐之助がうなずく。

「そのあたりを当たってみると、おもしろいかもしれんな」

軽い口調でいったが、目にはこれまで見せたことのないような光が宿っている。執念の炎が揺れ躍っていた。

「湯瀬さま、まずその着物をなんとかしましょうか」

二人の気負いを静めるように、和四郎がにこやかな口調でいった。

第二章

一

首根っこをつかむ。

どうやら、佐之助にはその思いしかないようだ。

誰の首根っこか。決まっている。榊原式部太夫である。

直之進から見ても、倉田佐之助という男がこれだけ燃えるというのは意外なのだが、将軍を狙われたということに、これ以上ないほどにはらわたが煮えくりかえったのは確かなようだ。

倉田家が取り潰されてから、どれだけのときが経過したのか。もうかなりの歳月を経ているはずだ。

それでも、佐之助のなかで将軍を敬慕《けいぼ》する思いは、消えることもなければ、減ずることもなかったのだ。

御家人の部屋住だったとはいえ、いつか将軍のお役に立ちたいとの気持ちは、人並み以上に持っていたのだろう。

今は泰平の世で、人々の気分は春の海のように凪《な》いでいるが、外様大名が兵を挙げ、江戸に攻め寄せるという事態も考えられないわけではない。

戦の勃発という万が一のために、若き日の佐之助は剣術の稽古に精をだしていたにちがいないのだ。

もともと兄の不始末を受けて、倉田家は取り潰された。佐之助にしてみれば、青天《せいてん》の霹靂《へきれき》そのものだったのだろう。

驚きがあまりに強すぎたことに加え、これまでの努力が水の泡になったことに、自虐の思いが心の壺からあふれだし、佐之助は殺しをもっぱらにする者の道に走ったのかもしれない。

いま佐之助は、殺しの仕事をまったくしていないようだ。それは、千勢《ちせ》と、千勢が実の娘のようにいつくしむお咲希《さき》の二人と心を通わせているからだろう。

この二人と一緒に生きてゆくのに、汚い仕事を生業《なりわい》としたくないという気持ちになっているにちがいない。

いいことだと思う。佐之助は人らしくなりつつあるのだ。というより、以前の自分を取り戻そうとしているのではないか。

「おい、よく似合っているではないか」

いきなり声をかけられた。直之進はそちらを見た。

佐之助が見つめている。鋭い光は瞳の裏に隠している。

「これか」

直之進は着物をつまんでみせた。

「登兵衛どのから借りたといったが、ぴったりではないか」

「そう見えるか。だが、俺のほうが背が高い分、実際のところ、少し窮屈だ」

「大丈夫か」

「着ているうちに慣れよう」

「そういうことではない。もし襲われたとき、敏捷《びんしょう》な動きができるかということだ」

「大丈夫だといいたいが、それはかりはなんともいえぬ」

「相変わらず正直よな」

佐之助がいきなりなにかを投げつけてきた。はっとして直之進はよけた。なにかがこつん、と軽い音を立てて背後の壁に当たり、畳に転がった。見ると、梅干しの種だった。

「試したのか」

直之進は平静な声音でたずねた。佐之助が口の端に笑みを浮かべる。

「それだけの動きが咄嗟《とっさ》にできるのなら、まず大丈夫だろう」

「おぬしが太鼓判を押してくれるのなら、安心だ」

佐之助は直之進から目を離さない。

「どうかしたか」

「いや、さっきずっと考え事をしていただろう。なにをあんなに長く考えていたのかと思ってな」

「おぬしのことだ」

直之進は静かな口調で告げた。

「変わったな、と思ってな」

佐之助が喉の奥で笑う。

「変わったのは俺だけではあるまい」

膳の上の湯飲みを取りあげ、茶を喫した。とがった喉仏が音を立てて上下する。

「きさまも変わった」

「そうかな」

「ああ。物腰からずいぶんと侍らしさが消えた。さっぱりしたものさ」

その言葉をきいて、直之進は眉をひそめた。

「勘ちがいするな」

佐之助が湯飲みを音もなく膳に戻す。

「堅苦しさがなくなったということだ。しゃちほこばっていたのが消えたというい方でもいいかな。とにかく、きさまは江戸で暮らしはじめて、ずいぶんと人らしくなってきた。もし沼里《ぬまざと》にいたとき、きさまが今のような男だったら――」

佐之助が不意に口をつぐんだ。あとの言葉が想像できて、直之進は佐之助に笑いかけた。

「妻に逃げられるようなこともなかったか」

佐之助が苦笑する。

「俺が遠慮して口を閉ざしたのに、自分でいいおったか」

「遠慮などおぬしに似合わぬ」

そうかな、といって佐之助が頬をつるりとなでた。

「これでも遠慮深い性格をしていたんだ。慎み深いといってもよいかな」

その佐之助の人物像はなんとなく直之進にも想像がついた。

「俺は殺しを生業にするようになって、口数も減り、常に緊張して生きるようになった。だが、今は自分でも角《かど》が取れてきたと実感している。だいぶしゃべるようになってきた」

「こうして俺と飯を食いながら話をしていることが、それを明かしているな」

まったくだ、と佐之助がうなずいた。背筋を伸ばした姿勢で、手にした椀の米粒をきれいに箸で拾っている。その表情はどこか充実していた。千勢との仲も、きっとうまくいっているのだ。

こうして一緒に膳を並べるようになったといっても、佐之助がお尋ね者であることに変わりはない。なんとなくこの男の罪が許されたように錯覚しているが、富士太郎は、今もこの男をお縄にすることを念願にしている。珠吉も同じ思いだろう。

なんとか自由の身になれぬものか。それができなければ、千勢たちとの安楽な暮らしは営めない。

どうにかしてやりたいが、自分にはいかんともしがたい。いかに理由があったにしろ、やはり殺しをもっぱらにする者に身を堕したのが悪いのだ。取り潰しになった家の者すべてが悪事に走るわけではない。

佐之助には心の弱さがあったのだ。突き放すようだが、公儀に追われる身になったのは、自業自得でしかない。

そうである以上、佐之助自ら、日の当たる道をなんら恥じることなく堂々と歩めるように模索するしかない。

もちろん、この男もそのことはよくわかっているのだろう。直之進の力を借りるまでもなく、自分の力で成し遂げる気でいるのは紛れもなかった。そして、それは必ずできると、自信満々に思っているのもまちがいなかった。

だが、どうすればよいというのだろう。直之進ははたと考えこむ。公儀に許され、追われる身でなくなるというのは、そうたやすいことではない。

悪事をはたらいた者でも、町奉行所の同心の手先となって悪人捕縛のために身を粉にすることで許される者は枚挙《まいきょ》に暇《いとま》がない。しかし、佐之助はそんな紐つきの道は選ばないだろう。

同心の手先となった者はずっと手先で居続けなければならないのだ。佐之助は晴れて自由の身となる道を選ぶはずだ。

では、どうすればよいのか。直之進の思いはそこに戻ってしまう。

その思いに気づかぬように、佐之助は黙々と箸を動かし続けている。直之進も食べることに専念した。

さほど時間をかけることなく、直之進と佐之助は朝餉《あさげ》を終えた。

それを知ったかのように和四郎が食事の間にやってきて、おすみでございますか、とたずねた。直之進と佐之助は同時に顎を引いた。

和四郎が畳の上に転がっている梅干しの種をひょいと拾い、失礼します、といって直之進のあいた皿の上にそっと置いた。

「でしたら、お二人とも、これからお出かけになれますか」

むろん、と直之進と佐之助は同時に力強く答えた。

「食事を終えたばかりだと、ときに動けぬ者もいるらしいが、俺とこの男はそのようなことはない。和四郎、安心しろ」

佐之助が胸を張っていった。

「それは頼もしい」

和四郎が満面に笑みを浮かべる。

やはりこの男は、と直之進は佐之助を横目に見ながら思った。この上なく張り切っている。これまでは、こんな物いいをするような男ではなかった。

直之進と佐之助、和四郎の三人は登兵衛の前にやってきた。

「今日、御城において榊原式部太夫の尋問がはじまるのだったな」

佐之助が登兵衛に確かめる。

「さようにございます」

登兵衛が穏やかに答えた。眠りがたっぷりと足りたような顔をしているが、実際にはさほど寝ていないのではないか。勘定奉行の裏の御用をつとめる者に熟睡は似つかわしくないような気がするが、考えすぎだろうか。

「しらを切るのはまちがいないな」

「はい、まちがいございません」

「おぬし、どう見ている」

登兵衛が佐之助を見つめ返す。

「どうとは」

「やつの命で、本当に大砲がぶっ放されたかどうかだ」

「証拠をつかむまではまだなんとも申しあげにくいのでございますが、ほかにあいうことをする者に思いが至りません」

「つまり、馬浮根屋箱右衛門どもが践行《せんこう》し、その黒幕として榊原式部太夫がいるという図式を考えているのだな」

「今のところは」

「やつらの目的はなんだ」

佐之助が問いの方向を少し変えた。登兵衛がすらすらと述べる。

「上さまを亡き者にし、榊原式部太夫さまが老中首座に着くこと。それによって傀儡《かいらい》の将軍を上にいただき、天下の権をほしいままに振ることにございましょう」

「そういうことか」

「腑《ふ》に落ちませんか」

「うむ、なんとなくしっくりこぬ」

佐之助がすっと端整な横顔をあげる。直之進はじっと見た。和四郎も興味深げな視線を当てている。

「上さまを亡き者にする。やつは上さまに不始末を咎《とが》められているゆえ、これ以上の出世は確かに望めぬ。上さまを弑《しい》したほうが、やつの未来がひらけるのは紛れもない。だが――」

佐之助が言葉を切る。畳の目を数えるように、よく光る目を落としている。

直之進たちは言葉を発することなく、佐之助の口があくのを待った。

「犯人探しは徹底して行われる。もし昨日、榊原式部太夫が増上寺で上さまを弑することに成功していても、ことは思ったようには進むまい。なにより老中首座の松平武蔵守がそんなことはさせまい」

「上さまと老中首座の松平さま。畏れ多くも、昨夜はお二人をともに屠《ほふ》ろうとしたのかもしれません」

「たった一発の大砲でか」

確かに、と登兵衛がうなずく。

「本当に二人を亡き者にする気なら、もっと撃っても決して不思議はなかった。大砲の場所が露見するまで、時間はかなりありましたからな。大砲を一発放っただけで仕舞いとしたということは、倉田さまのおっしゃる通り、なにか別の狙いがあったということになりましょうか」

別の狙いというと、どういうものか。直之進は考えこんだ。しかし、これだと思えるひらめきはまったくなかった。自分が木偶《でく》の坊《ぼう》になったような気分だ。

もっとも、佐之助にしても登兵衛にしても同じようだ。なんとなくほっとした気持ちに直之進は包まれた。

しかし、こんなことで安堵していてはいけぬ、と思い直した。馬浮根屋箱右衛門や榊原式部太夫に別の狙いがあるとするならば、自分が一番にその狙いとやらを明かさなければならない。和四郎の用心棒だからといって、頭の冴えを少しも見せないと、男として情けないではないか。

佐之助が口をひらいた。

「馬浮根屋箱右衛門を頭とする忍びどもが、黒幕の榊原式部太夫の命によって動き、上さまを亡き者にしようとした。今はこの図式で考えるしかないようだが……」

はい、と登兵衛が小さく顎を上下させる。

「しかし榊原式部太夫は、越後《えちご》高田《たかだ》十五万石の譜代大名にすぎぬ。禄高はまずまずといっても、外様の島津《しまづ》、前田《まえだ》、伊達《だて》、黒田《くろだ》、鍋島《なべしま》といった大大名とはくらべものにならぬ」

はい、とまた登兵衛が首を動かした。

「五代屋の元別邸に据えつけられていた大砲と、その下山三郎兵衛どのの元の屋敷にあった大砲は、すでに公儀の手に渡っているのだな」

「もちろんにございます」

「どんな大砲かもう調べがついているのか」

「はい、臼砲《きゅうほう》というもので、二十九ドイム、二尺三寸を優に超える、口径のひじょうに大きいものにございました。軽く半里弱は届きましょう。あれにこめられる玉がすさまじい威力を秘めているのは、見ずともわかります」

「二十九ドイムといったが、それだけの大きな大砲が、この日の本の国で造れるものか」

「いえ、まだ無理にございましょう。薩摩や鍋島という大名も臼砲を造ってはいますが、あれだけの口径のものはまだございますまい」

「となると、あれは異国から買い付けたもので、しかも最も新しい型式の大砲ということか」

「臼砲自体はさほど新しいものではございません。しかし、二十九ドイムという口径までいきますと、そう申してもかまわないと、手前は思います」

「それだけの大砲を、たかが十五万石の大名でしかない榊原式部太夫が二門も異国から買い付けて、ぶっ放してみせたというのか」

むずかしい顔になった佐之助が唇を引き結んで首を振る。

「俺には納得できん。それだけの力が一譜代大名にあるものなのか」

「では、やはり薩摩の関与をお疑いになっているのでございますか」

「果たしてあれだけ大がかりなことに、薩摩が力を貸すだけの意味があるのかどうか。計算高い薩摩のことだ、間尺《ましゃく》に合わぬことはせぬと思うのだ。薩摩が関与しているという噂や、湯瀬の前にあらわれた示現流の遣い手のこともあるが、ただ単に隠れ蓑に使われているのではないか、という気がしてならぬ。江戸の者は芋侍と馬鹿にし、きらっているゆえ、薩摩のことは悪者にしやすい。とにかく薩摩が関わっているというのは、俺にはしっくりこぬ」

「では、別の黒幕がいると倉田さまはお考えになっているので」

佐之助がゆっくりとかぶりを振った。

「それはわからぬ。そういうことも頭に入れておいたほうがよいのではないか、ということだ」

さようでございますね、と登兵衛が静かにいった。

「湯瀬にも申したが、一番の手がかりは薩摩示現流の遣い手だった男だ。すでに湯瀬が倒したが、もし薩摩に見せかけるために雇われた者であれば、きっと手がかりが得られよう。なにしろ、この江戸の町には薩摩示現流の道場などないはずだからな。それをものにしている遣い手というのは、雪原《せつげん》の鳥よりももっと目立とう」

直之進と佐之助、和四郎の三人は登兵衛にていねいに挨拶してから、田端村の別邸をあとにした。まだ日がのぼって間もない。草が踏みしだかれた道はすぐに林に入った。

透明な光が樹間を縫って斜めに降り注いでいる。高い雲や低い雲、まとまった雲やちぎれ雲など、様々な雲を浮かべた空が梢の先に見えている。厚いものはほとんどなく、雲は広い空に散らしたようになっている。

空の青さはまさに蒼天《そうてん》と呼ぶにふさわしいもので、そのままどこまでも突き抜けてゆくのではないか、と思えるほどに高い。透き通る空を見ていると、深く呼吸したくなるのはなぜなのか。これは自分だけなのか、と直之進は思った。

木々のあいだを、鳥たちがかしましく飛びまわっているのが眺められる。空中にいる虫をつかまえているのか、それとも単に仲間同士遊んでいるだけなのか。とにかく忙しく樹間を飛びかっている。

あれだけの動きを見せてはいるが、斬るのはそんなに難儀なことではない。もし目の前に来たとき刀を抜いて振り抜けば、この林の小鳥は一羽たりともよけられまい。羽を散らした無残な骸《むくろ》を草深い地面に横たえることになる。

むごすぎる考えにとらわれていたことに気づき、直之進は小さく首を振った。こんなことは自分らしくない。小鳥を斬ってなにが楽しいのだ。

しかし、昔の剣豪にそんな者はいなかったか。佐々木《ささき》巌流《がんりゅう》小次郎《こじろう》の秘剣である燕返《つばめがえ》しは、飛ぶ燕を葬り去ったことからついた名ではなかったか。いや、あれはただ、燕が自在に飛ぶ姿を見て、そこから秘剣の示唆を得たのだったか。

「湯瀬、なにを考えている」

佐之助にきかれた。

「いや、燕返しのことだ」

「巌流のことか。きさまも秘剣を編《あ》みだしたいとでも考えているのか」

「無敵の秘剣があれば、ほしいな」

「無敵か。一瞬だけなら、そういうこともあるかもしれぬ。だがその秘剣が威力を発揮しはじめた途端、それを倒そうとする者が次々にあらわれ、結局のところ

「秘剣は研究し尽くされて、そこで寿命を迎えることになる」

うむ、と直之進はうなずいた。

「つまり、秘剣などよりも、自らを鍛えることこそ肝要《かんよう》だろうな。どんな事態を迎えても決してぐらつかぬ自分ができあがったら、あるいは無敵になれるかもしれん。結局、勝負はここだ」

佐之助が自らの胸を叩く。

「倉田、おぬしはそういう高みを目指しているのか」

「まあ、そうだ。いつからかそういうふうに思うようになった。しかし、まだまだだ。不治《ふじ》の病に冒された者に不意を衝《つ》かれたとはいえ、倒されるようではな」

これは、佐之助がかどわかされたときのことをいっている。佐之助は不治の病に取りつかれた遣い手に背後から襲われ、気絶させられたのである。

「ところで倉田、薩摩示現流の遣い手とおぼしき者がどこで雇われたのかを調べるといったが、薩摩示現流について、なにか知っていることがあるのか」

「少しはある」

「それについて、きいてもよいか」

ああ、と佐之助があっさりと答える。うしろを行く和四郎が佐之助に視線を当てたのが気配から知れた。

「示現流の道場が常陸国《ひたちのくに》の笠間《かさま》にあるときいた」

「常陸といえば、鹿島《かしま》があるところではないか。鹿島神宮は武道の神さまが祀《まつ》られているときくぞ。剣豪の塚原卜伝《つかはらぼくでん》は鹿島神宮の神職の生まれだというが、そんな地に示現流の道場があるのか」

佐之助がおもしろそうに直之進を見る。

「きさまにしては、ずいぶんとしゃべるではないか」

「剣のことは興味があるのでな」

佐之助が深く顎を引く。

「きさまの気持ちはよくわかる。俺も剣に命を懸けたときがあった」

懐かしむように、少しだけ遠い目をした。ちょうど、道は深い林を出たところである。左側から朝日が射しこんできて、あたりはまばゆい明るさに包みこまれている。よく伸びて、こうべを垂れかけている田の稲が、黄金色の波となって風になびいている。緑が濃い畑で育っている蔬菜《そさい》たちも、気持ちよさそうに揺れていた。

「しかし湯瀬、常陸と一口にいっても広い。笠間と鹿島はそうさな、十五里近くは離れているのではないか」

そんなにあるのか、と直之進は思った。知らないというのはやはり怖いものだ。それならば、鹿島の影響を笠間が受けていないというのも考えられないではない。

「しかし、どうして笠間に示現流の道場がある。笠間という町は江戸から見たとき、筑波山の背後に当たる町だな。それに、笠間稲荷で名のある町ではないか。示現流とはなんの関係もないのではないか」

「その通りだ。笠間はもともと笠間稲荷の門前町として成り立った町だ。湯瀬、今の笠間の城主が誰か知っているか」

直之進は少し考えた。

「牧野《まきの》家だな」

「そうだ。越後長岡の牧野家の分家だ。笠間では八万石を領している。たびたび老中をだす家でもあるな。ただし、地味《ちみ》はあまり肥えておらず、表高よりも実収が低いことがしばしばあるという噂もきく。それで老中を何度もだしていたら、内情は実にきついにちがいあるまい。政《まつりごと》は、なにしろ金を食うらしいからな」

そうか、と直之進はいった。牧野という名をきいたことで、すでにどういうわけで笠間に示現流が入ったのか、答えが見つかった気分になっている。

ふふ、と佐之助が直之進を見て、笑いを漏らす。

「どうやらもうわかったようだな。だが、答えを教えるのは俺の役目だ。湯瀬、口をはさむなよ」

承知している、と直之進はいった。

「薩摩示現流は、本家以外には分家の日向《ひゅうが》国佐土原《さどわら》以外に伝えることは禁じられている。いわゆる御留流《おとめりゅう》と呼ばれるものだ。それがどうして牧野家に伝わったのか。どうやら佐土原を経て、同じ日向の延岡《のべおか》に伝わったようだ。牧野家が以前、日向国の延岡にいたことは知っているな。どんなに秘密を保とうとしても、いずれは漏れるということだ」

佐之助が続ける。

「延岡にいた牧野家はそこから笠間に移封になった。延享《えんきょう》四年（一七四七）のことだ。そういうことで、示現流は笠間に伝わることになった」

「笠間では示現流が盛んなのか」

「いや、さほどでもないということをきいたことがある。やはり、なかなか主流にはなれんのだろう。だが、笠間だけでなく関東の至るところに示現流は広まっているという話を耳にしたことがあるな」

「ほう、そうなのか」

「同じ常陸の石岡《いしおか》や土浦《つちうら》、下野《しもつけ》の宇《う》都宮《つのみや》、そして先ほど話に出た鹿島にも伝わっているようだぞ。武道の神さまのお膝元だけに、きっとなんでも受け容れてやろうという気風があるにちがいない」

歩を進めつつ直之進は佐之助を見つめた。

「江戸に示現流の道場は本当にないのか」

「さあな。きいたことはない。もしかしたらあるかもしれぬ、といったところだ。江戸を虱潰《しらみつぶ》しにしようと俺は思っている」

そうか、と直之進はいった。

「湯瀬、頼りないと思うか」

「そんなことはない。探索というものは、ぶっとい綱を手繰ってゆくわけではない。糸のような頼りないものから徐々に綱のようなものに移ってゆく。しかし倉田、どうして示現流に目をつけた」

佐之助が目を丸くする。

「なんだ、きさま、気づいていなかったのか」

「なんの話だ」

和四郎も、いったいなんのことかききたがっている。

「俺はきさまの話をきいて、示現流に興味を持った。示現流のことを調べれば、そこからなにか得られるのではないか、と直感したんだ」

「俺の話というと」

「きさま、示現流と思える遣い手に襲われたと俺に話したな」

大目付の御用をつとめる七右衛門《しちえもん》の手下である伊造《いぞう》を救ったときだ。医者の蘭丹《らんたん》の診療所で、押しこんできた示現流の遣い手とおぼしき者と戦った。

「確かに」

あのときのことを思いだしながら、直之進は大きく顎を引いた。

「そのとき、きさまは『どうして殺す』と示現流の男にきいたな」

「ああ、きいた。それは伊造という男をなぜ亡き者にしなければならぬのか、という疑問をぶつけただけだ」

「示現流の遣い手は『さあな』と答えた」

そうだ、と直之進はいった。

「その『さあな』という言葉だが、その男は本当に殺す理由を知らなかったから、と俺は考えた」

それをきいて直之進は納得した。

「なるほど。それで、金で雇われたとおぬしは踏んだんだな」

「そういうことだ。その男が雇われたのなら、やはりここ江戸でのことだろう」

だから、佐之助は示現流の道場に興味を持ったのである。倉田佐之助という男は、自分よりずっと頭が明晰《めいせき》なのがはっきりした。

少しだけ悔しかったが、頭の出来ばかりは剣のように鍛えればなんとか上達してゆくというものではない。

「では、笠間まで行くというのではないのだな」

「必要とあらば、行く。だが、行くまでもない気がする。この江戸にいったいどれだけの流派があり、いくつの剣術道場があるか知らぬが、示現流の流れを汲《く》む道場もきっとあるのだろう」

直之進と佐之助、和四郎の三人は江戸の町を歩きまわり、剣術道場を見つけては訪ねていった。

しかし、示現流の道場について知っている者にはぶつからなかった。

早くも、あと少しで一日が終わりそうだ。西の空に大きく傾いた太陽は、じき地平に触れそうなところまで落ちている。

秋の日は釣瓶《つるべ》落《お》としというが、あそこまでいってしまえば、あっという間に暗くなるだろう。あちらこちらから味噌や醬油のにおいが漂い、魚を焼いている香りも鼻先をかすめてゆく。空腹の直之進は腹の虫が鳴りそうだったが、なんとか抑えこんだ。

赤提灯の灯もぽつりぽつりと見えはじめている。早くも喉を鳴らしたような表情をしている男たちの影が薄闇にいくつも浮かぶ。それらは吸いこまれるようにして縄暖簾《なわのれん》をくぐってゆく。

地平に尻をつけたような夕日にちらりと視線を流して、佐之助が悔しげに唇を嚙む。

「ちと見通しが甘かったか。すぐに見つかると思ったのだが」

「そんなことはありませんよ」

和四郎が慰めるようにいう。

「探索というのは、そういうものにございます。いきなり結果が出るほうがよほど珍しい」

佐之助が顔をあげる。

「励ましてくれるのか」

「当たり前にございます。倉田さまには常に笑顔でいらしてもらいたいと思っております。倉田さまの笑顔を見ると、手前、とても元気づけられますから」

佐之助が意外そうにする。

「まじめにいっているのか」

「もちろんにございます」

和四郎が大きく顎を上下させる。

「倉田さまの笑顔は、よく効《き》く薬のような力を持っていると思います。正直に申せば、手前、倉田さまのことを最初はあまり好きではなかったのでございます」

「好きではなかったというより、きらいだったのだろう。俺がしてきたことを思えば、それも無理はない」

「しかし、今は大好きにございます。もちろんそれはおなごが好くのとはちがう気持ちにございますが、倉田さまの笑顔はいいなあ、と手前は常々思っております」

「俺の笑顔がいいか。和四郎、おぬし、変わっているな」

「そんなことはありません。湯瀬さまも同じでいらっしゃいますよね」

まあな、と直之進は笑って答えた。軽く顎をしゃくる。

「そこに剣術道場があるぞ。今日はここが最後かな。案外こういうところで手がかりが得られるかもしれんぞ」

だいぶ暗くなってきたなか、ひっそりと一軒の道場が建っていた。あまり大きな道場ではない。戸口の庇《ひさし》が、夜のはじまりのような濃い闇を集めている。左手に設けられた連子窓《れんじまど》から幾条《いくすじ》もの明かりが漏れ、激しい稽古の音が、やや冷たくなってきた大気を震わせていた。

佐之助が連子窓を見つめている。

「あまりたいした腕の者はおらぬようだ」

道場の板を踏み鳴らし、気合をこめて竹刀《しない》を振るっている者は、二十人を優に超えるようだ。

「しかし、なかなかはやっているようにございますね」

和四郎がさっそく庇の下に立ち、訪《おとな》いを入れた。そばの看板には、鋼完《こうかん》流と大きく墨書されている。

なかから、耳ざとくききつけたらしい若い門人が出てきた。なんでしょう、と快活な声音で用件をたずねる。それでも、少し警戒の色が表情に垣間見える。その目がちらちらと直之進と佐之助に向けられていた。

若者を安堵させるように、和四郎がにっこりとする。

「道場破りというわけではありません。ちと話をうかがいたいのでございます」

道場破りでないときいて、若い門人の気張っていた肩が少し落ちた。

「話というとどんな」

「示現流のことで話をききたいと思っております」

若い門人がきょとんとする。

「示現流というと、薩摩のですか。ここは鋼完流という一刀流の道場で、示現流とはまったく関係ありません」

「道場主はどなたですか」

「賀来一貫斎《がくいっかんさい》と申します」

「お歳は」

若い門人が眉根を寄せ、考えこむ。師匠の歳を知らないことが、少し恥ずかしいようだ。

「確か古希《こき》をいくつかすぎているはずです」

「こちらの道場をひらいて、もうだいぶたつのですか」

「はい。三十年以上になると、きいています」

目の前の門人は、まだ二十歳にもなっていないだろう。

「道場主に会わせていただけますか」

「それはもちろんかまわないと思いますが、先生が薩摩示現流のことをご存じだとはとても思えません」

「それでもかまいません。よろしくお願いします」

和四郎が自分の名を名乗ってから、こうべを深々と垂れる。

「和四郎どのですね。わかりました。しばらくお待ちいただけますか」

ていねいにいって門人がきびすを返す。薄墨《うすずみ》を溶かしこんだような暗さと、道場内のろうそくの光が溶けこんだようなわびしい明るさが交錯する戸口に、姿を消した。

待つほどもなく先ほどの門人が戻ってきた。にこにこしている。期待にあふれた声で、和四郎に語りかけてきた。

「お待たせしました。それがしも意外でしたけど、先生はどうやら示現流のことをご存じの様子ですよ」

和四郎がうれしそうに振り返り、直之進と佐之助を見る。直之進はうなずきかけた。佐之助はなにもいわず、なんの仕草も見せなかったが、かすかに目尻のあたりを和ませたように見えた。

直之進たちは、一所懸命に稽古に取り組んでいる門人たちの熱気に当てられつつ、道場の端を通り、奥に通された。昼間なら日当たりがよさそうな八畳間だった。そこにすでに一貫斎らしい男が端座《たんざ》していた。

まず目につくのは鼻の高さだ。鳥のくちばしのようにとんがっている。小さな両目は奥に引っこんでおり、宿る光は鋭いが、どこか枯れた感じは否めない。若い頃は炯々《けいけい》たる光だったにちがいないが、歳を経るにしたがって弱まっていったのだろう。今は孫を見るような柔和さのほうが濃くなっている。頬はこけているが、油を塗ったかのようにつやつやしている。口はほどよく引き締められ、かすかに笑みが浮いていた。

かなりの長身であるのは、座っていてもよくわかった。両肩のところが竹でも入れたかのようにとんがり、着物を持ちあげている。胸は薄く、どこか頼りなげな雰囲気を醸《かも》しだしているが、剣術は力だけがものをいうわけではない。相当の遣い手であるのは、物腰から知れた。

「お座りなされ」

しわがれた声で、一貫斎が直之進たちをいざなってきた。直之進と佐之助、和四郎はその声に甘え、一礼してから座布団を脇にどけて正座した。

和四郎があらためて名乗り、直之進と佐之助を紹介した。直之進は辞儀した。佐之助も丁重に頭を下げた。

先ほどの若い門人が茶を持ってきた。湯飲みを直之進たちの前に配るように置くと、一礼して出ていった。

「まあ、遠慮せずに」

直之進たちに茶を飲むようにいって、一貫斎がなめらかな手つきで湯飲みを取りあげる。口を近づけて喫すると、くぼんだ喉がごくりと上下した。

直之進と和四郎はそろって茶を口に含んだ。あまりいい茶ではないが、渇いた喉にはありがたかった。佐之助も、唇に湿り気を与えるように一口だけ飲んだ。

「薩摩示現流について、おききになりたいとのことだが」

直之進たちが人心地《ひとごこち》ついたのを見計らって、一貫斎が問う。はい、と和四郎が顎を縦に動かした。

「手前どもには、とある事情がございまして、いろいろな人にお話をうかがっている最中にございます」

一貫斎が、やせた体をわずかに前へと乗りだす。

「それは、いま世を騒がせている大砲騒ぎに関してかな。昨夜、増上寺に一発、撃ちこまれたらしいの。あれには薩摩が絡んでいるという風評がもっぱらだが」

その通りにございます、と和四郎があっさりと肯定した。

「薩摩が絡んでいるかどうか、今のところ、はっきりしておりませんが、手前どもは昨夜の一件に関し、調べを進めているところにございます」

一貫斎が小さな両目を見ひらく。

「では、そなたらは、ご公儀の者と考えてよろしいか」

和四郎がにこりとする。

「ご明察にございます。ただ、どこの手の者と申しあげることはできかねます」

「それはそうだろうの」

一貫斎が微笑する。

「市中探索を生業にする者たちが、どこそこの手の者であると、いちいち素性を明らかにするわけにはいかんだろうの。しかし、そなたはともかく、そちらの二人は市中探索に向いている面とは思えぬの」

一貫斎の両眼は直之進と佐之助に向けられている。和四郎が、気が引けたように両肩を縮める。

「手前に剣の覚えがほとんどないゆえ、このお二人には手前の用心棒をつとめてもらっているのでございます」

一貫斎が表情を和ませた。

「それはまた豪勢だの。この二人、わしなどとはくらべものにならぬ腕ぞ。一人だって見つけるのがむずかしいというのに、二人もそろえるとは、実にたいしたものだ。それだけそなたが危うい仕事をこなしているという証であるなあ」

感心したようにいう。

「確かに、手前などにはもったいないようなお二人にございます」

「そなた、襲われたこともあるのかな」

「はい、いいえ、まあ」

和四郎が言葉を濁す。

「あるのだな。それが、つまり薩摩示現流の者だったということかの」

「いえ、手前はそういう者に襲われたことはございません」

和四郎は嘘をついてはいない。示現流の遣い手に襲われたのは、直之進が小日《こひ》向東古川町《なたひがしふるかわ》で拾った伊造という忍びである。伊造は役者が表の生業である七右衛門の手の者で、大目付の下で働いている。

「一貫斎さまは、薩摩示現流について、ご存じのことがあるということですが」

和四郎がようやく本題に入った。

「知っていることは少ないがの。示現流をこの目で見たこともないし」

「では、なにをご存じなのですか」

「示現流を会得した者を知っているということにすぎんよ」

それをきいて佐之助が身じろぎした。和四郎が勢いこむ。

「それは、江戸の者でございますか」

そうよ、と一貫斎がいった。

「江戸で示現流の道場をひらいているのでございますか」

「そういうわけではない」

一貫斎がかぶりを振る。

「その男は、自分の編みだした刀法を伝授する道場の道場主よ。究魂流《きゅうこん》という流派だ。その究魂流を伝授するなかで、ときおり剣術の才に秀《ひい》でた者や、剣術に特に興味のある者に、薩摩示現流の型を披露することがある」

「その道場主の名は」

「麦田《ばくだ》清梁《せいりよう》という」

この道場から六、七町ほど西に行ったところで、こぢんまりとした道場を構えているという。

「麦田さまは、どこで示現流を会得したのでございますか」

「古河《こが》ときいている」

「古河というと、下総《しもうさ》の」

「そうよ。譜代の土井《どい》家が城主をつとめていることで知られている町じゃ」

一貫斎が軽く咳払いをした。

「そなたら、常陸の笠間に薩摩示現流が伝わっているのを知っているか」

「ええ、存じております。なんでも、日向の佐土原から延岡に伝わり、延岡の城主だった牧野さまが笠間に移封になったがゆえに、笠間の地にも薩摩示現流が根付くようになったと聞き及んでおります」

和四郎がすらすらと述べた。

「ほう、よう知っておるの。もっとも、このわしも清粱どのからの又聞きだがの」

「では、古河の示現流も笠間から伝わったということにございますか」

「そのようだの。清粱どのはそのように申していたぞ」

「清粱さまは、古河から江戸に出てこられたのでございますか」

「そうだ。もともと古河に道場を構えていたそうだ。思い立って江戸に出てきたときには、すでに示現流を会得していた」

「古河では、示現流が盛んなのでございますか」

「さて、どうかな。あまりきいたことはないが、異様に迫力のある剣ゆえ、意外に人気は高いかもしれんの」

さようにございますか、と和四郎が相づちを打った。

「今からおうかがいして、清粱さまに会えましょうか」

「いや、今はおらぬ。古河にいったん戻っておるからな。なにやら所用ができたと申していた」

「いつ江戸にお帰りでしょう」

「うむ、明日には帰ってくると申しておった。だから、もう古河は出ていると思うの。わしの聞いた予定があらたまらぬ限り、明日の夕方には道場で旅装を解いておろうよ」

古河から江戸まで十五里ほどか。足が達者な者でも、一日では帰ってこられまい。今日の朝にでも古河を出ているとするなら、明日の午後には、江戸に着くことができるだろう。

「清梁さまは、門人に示現流を伝授することもあったのでございますか」

「あったときいている」

「示現流の遣い手の噂はありましたか」

一貫斎が首をひねる。

「あったような気もせんではないが、覚えはないの」

和四郎が明日訪ねるときに迷うことのないようにと、一貫斎から麦田清梁の道場の場所を詳しくきいた。

時間を取らせたことについて深く礼をいってから、直之進たちは一貫斎の道場を出た。

「たった六、七町なら、究魂流という道場に今から行ってみぬか」

佐之助が、闇の色にすっかり染まりきっている町を見透かしていった。直之進と和四郎に異存はなかった。

和四郎が提灯を灯し、先導するように歩きはじめた。道には、大勢の者が行きかっている。子連れを含め、そぞろ歩きの者たちがほとんどである。

ようやく夏はどこかに去り、秋らしい冷涼な大気が江戸の町を覆っている。それに誘われて町に出てきた者たちだろう。男たちの集まりでは、すでに千鳥足になっている者も少なくない。まるで喧嘩をしているように路上で声高に話している者、ろれつがまわらずにまったく話の嚙み合っていない者たちの姿も目立つ。

そういう者たちを縫うように、和四郎の提灯が進んでゆく。

「去年より遅くなりましたが、紅葉もどうにかはじまりそうですね」

和四郎がちらりと空を見あげていった。今宵は、冴え冴えとした半月が南の空に浮かんでいる。

その月と一緒に、直之進たちは西に向かって歩いていった。

「あのあたりではないでしょうか」

やがて、しもた屋らしい一軒の空き家の前を通りすぎたとき、和四郎が顔をあげ、提灯を高くかざした。

闇の向こう、半町ほど先に小さな寺の屋根が眺められ、その手前のやや小高い位置にある山門の影が、うっすらとにじみ出るように見えている。

「あれが一貫斎さまのおっしゃった暁林寺《ぎようりんじ》ではないでしょうか」

そのようだな、と直之進は答えた。あの寺の向こう側の路地を入ってすぐのところに清梁の道場はあるはずだ。

あたりには、先ほどのにぎわいが嘘のように人けはない。家並みはずっと続いているが、木々がやたらに濃く、静謐《せいひつ》の幕が風にほんのりと揺れているだけだ。

直之進たちは再び進みはじめた。だが、ほんの二間ばかり行ったところで、佐之助がびくんとして足をとめた。

どうした、と訊きかけて直之進はとどまった。殺気が厚い波となって、押し寄せてきている。

どこからか。先ほどすぎたばかりの空き家のほうだ。

直之進と佐之助は体を返した。すでに刀の鯉口《こいぐち》を切っている。

ひゅんひゅんと風を切る妙な音がする。なんだ、と思う間もなく人影があらわれた。距離は五間ほど。

男は小柄だ。背丈は五尺あるかないか。腹がやや引っこんでいるように見えるのは、猫背だからだろう。顔はあらわにしている。頭巾《ずきん》や覆面などはかぶっていない。それだけ自信があるということか。

男は左手に鎌のようなものを持ち、右手で重しがついた鎖をまわしている。ひゅんひゅんと音を立てているのは、鎖についた重しである。いや、重しなどではない。分銅《ふんどう》だ。初めて目にするが、男の得物は鎖鎌《くさりがま》というものだろう。

「湯瀬、初めてか」

佐之助が目を丸くしてきいてきた。

「おぬしもか」

ああ、と佐之助が答えた。

「しかし、度胸のあるやつだ。俺たち二人を相手に姿をあらわすなど」

「よほど腕に覚えがあるのではないか」

「うむ、そういうことだろうな。だが湯瀬、これは絶好の機会だぞ」

「ああ、とらえて吐かせるということだな」

「やつも、どうせ雇われたに相違あるまい。雇い主を知るのに、これ以上の機会はなかろう。ゆめゆめ油断すな」

「承知した。和四郎どの、その塀に身を寄せていてくれ」

すぐそばに商家の別邸らしい人けの感じられない家があり、高い塀が木々の深い庭と道とを分けている。

わかりました、と和四郎がいい、塀に寄り添うようにした。腰の脇差はいつでも抜けるようにしている。

鎖鎌の音が徐々に近づいてきている。もう四間もない。

いきなりなにかをはたくような音がした。それが分銅を投げつけたときの音とわかったときには、黒々としたものが眼前に迫っていた。

直之進はまずいと思いながらも、咄嗟に首を傾けた。ぎりぎりの際どさで、顔のあったところを分銅が通りすぎていった。耳をかすめていったせいで、耳たぶがわずかに揺れた。痛みはなかった。

すぐに分銅が引き戻される。またひゅんひゅんという音がしはじめた。

「湯瀬、油断したな」

佐之助が笑いを含んだ声でいう。

「ああ。ずいぶんと遠くからくるものだ」

「俺も、もっと近くから飛んでくると思っていた。四間というのは、なかなかたいしたものよ」

佐之助が刀を抜いた。

「湯瀬、そこで見ていろ。俺がやつをとらえてやる」

佐之助の背中から、ゆらりとした炎が立ちあがりだしている。

「できるのか」

「見ておけ」

鎖鎌の男が、佐之助が突っこんでくると見て、わずかに立ち位置を変えた。ひゅんひゅんという音が高くなる。分銅の回転が明らかに速くなった。

互いの殺気が盛りあがり、直之進は見えない手に体を圧《お》されたような気分になった。

佐之助が間合を計っている。今か、と直之進が思った瞬間、佐之助が走りだした。だが、すぐに足をとめた。

しかしその前に、ぱし、っと音がし、分銅が投げられていた。佐之助が走りだす瞬間を狙っていたようで、鎖鎌の男にとっては弾みのようなものだったのだろう。

佐之助はよけるまでもなかった。体の横を分銅が通りすぎてゆく。

そう見えたが、男が右手をねじるように横に振った。鎖が蛇のようにのたうち、佐之助に絡みつくような動きを見せた。

瞬間、佐之助は両膝を折り曲げ、かがみこんだ。鎖は佐之助の頭上を通りすぎてゆく。

だが、その刹那《せつな》、男が腕を縦に振った。鎖が佐之助に叩きつけられる。

佐之助は地べたを転がった。ばしっという音とともに土煙があがり、鎖が地面を激しく打った。

佐之助が素早く立ちあがり、男に向かって突っこんでゆく。だが、男の手が分銅を引き戻す動きをした。

分銅が佐之助の頭のうしろをめがけて追ってゆく。佐之助は背後にも目がついているかのように、体を前に曲げて分銅をやりすごした。

直之進が見ていてひやりとするほど、頭のぎりぎりを通過していった。ほんの半寸もなかったのではあるまいか。

佐之助は見極めていたのだろう。かわす動きはできるだけ少ないほうが体に無理を強《し》いず、次の動きに入りやすくなる。

佐之助の突進はとまらない。さらに速さを増していた。距離はすでに一間もない。あと少しで佐之助の間合だ。

男の手に分銅は戻っている。またも分銅を飛ばしてきた。今度は距離が近いだけに、佐之助が果たしてよけられるかどうか。

分銅が胸に当たると見えた瞬間、佐之助の姿が消えた。どこに行った、と直之進も探したほどだ。

跳躍していた。佐之助の姿を、男も見失ったようだ。分銅がむなしく佐之助の体の下の大気を斬り裂いてゆく。

あわてて男が右手をあげる。鎖が動き、佐之助の体に巻きつこうとした。だが、それも佐之助は読んでいたようだ。空中で体をねじると、鮮やかに鎖をよけてみせたのだ。

佐之助は宙から刀を振るった。男が鎌で刀を受ける。がきん、と鉄の鳴る音が夜に響き渡る。

佐之助の斬撃の威力はすさまじく、男の背が縮んだ。佐之助が着地する。刀をさらに振るう。

男がそれを鎌で受ける。右手を鋭く動かした。分銅がまたも引き戻される。佐之助の頭を直撃する勢いだ。

佐之助は気づかないのか、動かずにいる。いや、鎌に絡め取られたのか、刀を取り返すことに必死になっている。

「倉田っ」

直之進は力の限り、叫んだ。その声が届いたかのように佐之助が首を横に傾ける。耳をかすめて分銅がすぐ脇を抜けていった。

佐之助に当たるはずだった分銅がいきなりあらわれて、男が少しあわてた。なんとか分銅をつかんだものの、それに気を取られて鎌の動きが緩慢になった。

そこを佐之助が衝《つ》いた。片手で思い切り刀を突きだしていったのである。刀尖《とうせん》は紛うことなく男の右胸の上に突き立った。肩の下あたりだ。

男が、うっ、とうめいて片膝を地面につきかける。なんとか体勢を立て直そうとするが、うまくいかない。顔が毒でも飲まされたかのようにゆがんでいる。

佐之助がさらに腕に力をこめて、刀を貫通させようとしている。命を取る気なら、心の臓を狙ったはずだ。ここは相手の気力を潰せるだけの傷を負わせられたらそれでよい、と考えたようだ。

男が鎌を振るおうとするが、痛みに耐えかねて、膝をがくりと折った。分銅を飛ばすだけの気根《きこん》もすでに萎えたようだ。

それを見て取ったらしい佐之助が刀を引き抜く。血がざざっと波のような音を立てて噴きだしてきた。

男が両膝をついた。無念そうに首を落としている。鎖鎌を手にしているものの、腕に力はこもっていない。佐之助の油断を衝くための芝居ではない。

佐之助が男の首に刀を添えた。

「得物《えもの》を捨てろ」

男が佐之助を見あげる。呆然とした光が目に貼りついていた。肩の下の傷から血がしたたり落ちている。

「早くしろ」

男が鎖鎌を目の前に放りだす。左手で傷を押さえた。顔をしかめる。

「痛いか。いま手当をしてやる。つまらぬことを考えるんじゃないぞ」

佐之助が諭すようにいった。男はなにも答えないが、あらがおうとする気持ちなど、もはや心のどこを探してもないようだ。うつむき、地面に力ない目を落としている。

佐之助が男のうしろにまわりこんだ。そのときには直之進もそばにいた。和四郎も近づいてきている。

かがみこんだ佐之助が男の着物を脱がそうとした。着物を切り裂いて、晒し代わりにするつもりのようだ。

不意に大気を切る音がした。それは一つではなく、いくつか重なっていた。

直之進は和四郎に飛びかかった。無理矢理に地面に押し倒す。

うっ、とうめき声があがった。

頭上を鳥のようになにかが行きすぎた。いや、なにかではない。今のは矢だ。

それも数本が放たれた。向かいの木々の深い庭からだ。木に何人かの敵がのぼっている。例の忍びではないか。

なにが起きたのか、わからずにいる和四郎が身じろぎする。動くんじゃない、と直之進は冷静な口調でいった。和四郎が静かになる。

「おい、しっかりしろ」

これは佐之助の声だ。ということは、うめき声を発したのは、鎖鎌の男ということだ。

もう矢が飛来してこないのを確かめた直之進は、怪我はないか、と和四郎にきいた。はい、と和四郎がうなずく。

直之進は和四郎の手を引いて、立ちあがった。向かいの庭の木々を見あげる。

そこに、忍びらしい気配など微塵も感じ取れない。だが、いつからかずっとそこにいたのだ。

今はもう去ったのか。襲ってくる雰囲気はない。闇のなか、空虚さが霧のように漂っている。

和四郎が、こわごわと付近に視線をさまよわせている。数本の矢が地面に散らばっていた。忍びの放った矢だけに、毒が塗られているかもしれない。

「もう大丈夫だ」

和四郎に声をかけておいて直之進は、悔しげに唇を嚙んでいる佐之助のもとに歩み寄った。

男は事切れていた。胸と腹に二本、矢が突き刺さっている。

「口をふさがれちまった」

吐き捨てるように佐之助がいった。

「この男と戦うのに夢中で、向かいに忍びどもがいることに気づかなかった。迂《う》闊《かつ》だった」

「迂闊なのは俺だ。命を懸けて戦っていたおぬしが気づかぬのは仕方ない。俺はおぬしの戦いぶりに見とれていた」

佐之助がぽんと直之進の肩を叩いた。

「気にするな。鎖鎌とまみえるのが初めてなら、目を大きく見ひらいて戦いを見つめるのは当然だ」

佐之助が息をつき、肩から力を抜いた。

「今日はもう引きあげたほうがよかろう。薩摩示現流の剣術道場が、どのあたりかもわかったしな」

「この男、どうする」

直之進は佐之助から鎖鎌の男に視線を移した。

「ふむ、このまま置いていくわけにはいかんな。ちゃんと始末してやらぬと、夢見が悪い」

佐之助が突き刺さっている二本の矢を無造作に引き抜いた。死骸と化しているのに、血がわずかながら噴きあがった。

矢尻のにおいを嗅ぐ。

「血に妙なにおいは混ざっていない。どうやら毒は塗られていないようだ」

佐之助は地面に散らばっているほかの矢も手にし、忍びたちがひそんでいた商家の別邸らしき庭に投げこんだ。同時に鎖鎌も捨てる。

「矢と鎖鎌はこれでよし。この骸《むくろ》は、そこに置いてゆけばよかろう」

腕を伸ばし、暁林寺を指さした。

「幾ばくかの金を置いてゆけば、粗略な扱いは受けるまい」

直之進たちは低い階段をのぼって、男の死骸を山門の前に運んだ。門はあいておらず、死骸はここに置き去りにするしかなさそうだ。

手前が、といって和四郎が懐から財布を取りだし、小判を一枚、死骸の着物の襟元にそっと差しこんだ。

直之進たちは合掌して、その場をあとにした。

男を生きたままとらえられなかった無念さは残ったが、明日になれば、きっとなにか手がかりを得られよう、と直之進は気持ちを新たにした。

二

なんとかして仇を討ちたい。

いや、なんとかして、ではない。必ず仇を討たなければならない。

誰の仇を討つのか。決まっている。北野屋で大砲の玉に殺された七人のためだ。そして、自分のためでもある。

富士太郎は、無念さで頭が一杯だ。屈辱でどうにかなりそうな気がする。憤怒で、もだえ死にそうだ。

あの馬浮根屋箱右衛門をとらえ、裁きの場に引きずりださなければ気がおさまらない。

それだけでは駄目だ。打ち首獄門《ごくもん》にしなければならない。

大砲に縛りつけられていた身を直之進に助けられたときのうれしさは、もうどこかに飛んでいる。今は定廻り同心として、恥辱だけが体にしみこんでいる。なにしろ、北野屋の七人の仇を討つ最大の機会を逸してしまったのだから。

あのとき、有無をいわさず馬浮根屋箱右衛門をとらえておけばよかったのだ。

この恥辱を晴らすためには、今度こそ箱右衛門に縄を打つしかなかった。

あれは、と富士太郎は思いだす。琢ノ介に頼まれて、馬浮根屋を調べに行ったときのことだ。

店の前に立ち、珠吉がまず訪いを入れた。まだ料亭があくような刻限ではなかったが、店の者は開店の支度に忙しくしている様子だった。

黒で統一された立派な出入口に出てきたのは、馬浮根屋の主人だった。男は箱右衛門と名乗った。

琢ノ介からきいていたにもかかわらず、富士太郎はその大男ぶりにびっくりした。長身の富士太郎が、なお見あげるだけの背丈があった。

体つきもがっしりとしており、膂力《りょりょく》も相当のものがありそうだった。料亭の主人には似つかわしくない男に見えた。目つきも異様に鋭かった。

一目見た瞬間、裏でなにかしているのではないか、と思わせるところがあった。そのことは琢ノ介もいっていた。

話をしてみると、物腰はやわらかく、言葉遣いも丁重だった。一夜漬けで身につけたものではなく、幼い頃からしっかりとしたしつけがなされたものであるのが、はっきりと感じられた。

富士太郎は、かんばしい答えは得られないのを予期しつつも、この店の離れで密談をかわしていた六人の侍のことを口にした。案の定、箱右衛門は覚えていません、といった。ほかのお方にもきかれたのですが、そのようなお侍が見えたことはないのですよ、ともいった。

その六人はまつたけと話していたようなんだが、と富士太郎は言葉を重ねたが、料亭で松茸という言葉はなんら珍しくないものですね、と箱右衛門がいった。

しかしそれが松平武蔵守を指すのなら話がちがうと思うが、と富士太郎がいうと、老中首座のお方をまつたけ呼ばわりするような者はこの店に出入りしていません、と箱右衛門は断言した。

まつたけの話はここまでにして、富士太郎は、離れを見せてもらえるかい、とたずねた。よろしいですよ、と箱右衛門があっけなくうなずいた。

富士太郎と珠吉は箱右衛門の案内で、馬浮根屋に五つあるという離れをすべて見た。四つが六畳間や八畳間が一つだけある離れで、残りの一つは十畳間と六畳間が襖で仕切られている大きめの離れだった。

琢ノ介が用心棒を頼まれたおいとばあさんが、友垣と一緒にいたのは八畳間の離れだったという。どうやら、おいとは隣の離れの襖をあけてしまったようなのだ。そこに六人の侍がいて、誰かがまつたけという言葉を発したのである。

おいとによると、そこに六人の侍がいたのは確かなようだ。だが、箱右衛門は頑としていなかったといい張る。離れ付きの女中も、そういうお客さまはいらっしゃいませんでした、といった。

その日、離れを使っていたのは、五人組の女客、四人組の女客、隠居夫婦、子供を含めた七人の一家、一組の夫婦とのことだ。

おいとが嘘をつく理由はない。だとすれば、嘘をついているのは馬浮根屋の者ということになる。

この店、なにかおかしいものね。きっと後ろ暗いなにかをしているにちがいないよ。なにしろ大砲騒ぎがあったばかりだしね。あれはご老中の役宅を狙ったのではないかって話もあるくらいだからね。この店が、あの大砲騒ぎに関わっているんじゃないのかい。よし、徹底して調べてやるよ。

富士太郎は心中ひそかに決意し、珠吉とともに店の外に出ようとした。そのときに箱右衛門に背中を見せてしまったのが、しくじりだった。

箱右衛門は富士太郎の決意を覚ったようで、うしろから襲いかかってきたのである。あっけなく富士太郎と珠吉は気絶させられてしまった。

次に気づいたときには富士太郎と珠吉は、大砲にくくりつけられていた。火薬と油が入りまじったにおいが強烈にしていた。縄はがっちりと富士太郎たちの手足を縛りあげ、ご丁寧に猿ぐつわまでかまされていた。

ここはいったいどこなのか。

広い屋敷であるのはわかったが、人けはまったく感じられなかった。空き屋敷であるのは明白だった。

ここが馬浮根屋のなかとは思えなかった。きっと駕籠で、この空き屋敷に連れてこられたにちがいなかった。十手が奪われることなく、懐にしまい入れたままであることにはほっとしたが、箱右衛門どもが十手になんの魅力も感じていないのが、逆に脅威に感じられた。

十手は使いようによっては、とんでもない力を発揮する。なにしろ御上《おかみ》の威光を笠に着ることができるのだから、やりたい放題が利くのである。

箱右衛門どもは、そのことになんの興味も感じていないといってよい。ただの小悪党ではない。

やはり、この前の大砲騒ぎに関係しているのは確実だろう。だからやつは、富士太郎が馬浮根屋を大砲に関連づけたことを覚るやいなや、邪魔者は除くべしと断じて、かどわかしたのであろう。

いま考えてみても、殺されなかったのが不思議だった。富士太郎たちを邪魔者として見たなら、どうして命を絶たなかったのか。

絶ってしまえば、二度と計画の邪魔はできない。つまり、あのときだけ富士太郎たちに黙っていてもらえれば、それで十分だったということか。その後、富士太郎たちは誰かに解き放たれるという読みがあったのか。

富士太郎たちを殺さなかったのは、無駄な殺生《せっしょう》をしたくないという思いがあったゆえか。だが、海上から放たれて、北野屋に命中した大砲の玉は七人もの命を奪った。

あれは意味のある殺生だったのか。とんでもない。あれは、人がただ虫けらのように殺されたにすぎない。

あそこで意味もなく七人も死なせてしまったから、自分たちは生かされたのか。

とにかく、と富士太郎は思った。いつまでも寝床でいろいろと考えてはいられない。まだ六つになっておらず、外は暗いようだが、起きたほうがよい。

掻巻《かいまき》から出ている足が少し寒い。胸のあたりもすうすうする。

ずっと夏のような暑さが続いており、秋が自分の出番を忘れてしまっていたのではないか、と思えたほどだったが、いったんやってくると、まさに駆け足で江戸の町を包もうとしている。ここ最近は、よく冷えこむようになっていた。じき、吐く息も白くなるだろう。

富士太郎は布団の上に起き、弾みをつけて一気に立ちあがった。布団を押し入れにしまう。搔巻を脱ぎ、ていねいにたたもうとして、とどまった。

たたんだ搔巻を簞笥《たんす》にしまい入れるのはいつものことだったが、智代《ともよ》に、そういうことは私がしますから、といわれている。智代がしたいというのを無理に取りあげる気は毛頭なく、富士太郎は搔巻を畳の上にそっと置いた。こうしておくと、帰ってきたときにはきれいにたたまれた搔巻が、敷かれた布団の上にのっている。

富士太郎は、町奉行所に出仕できる着物にすると着替えた。今はこうして自分でしているが、着替えだって、妻を迎えれば、手伝ってもらえる。父が母にいつもしてもらっていた。

もちろん、夫婦仲が冷めているところは駄目だ。先輩の同僚にも、もう着替えも手伝いやがらねえ、と飲んだときなどに愚痴をいう者もいる。

　ふむ、智ちゃんが、もしおいらのお嫁さんになってくれたら、やっぱり手伝ってくれるんだろうねえ。なんかくすぐったい気持ちだねえ。

　富士太郎は、そのときが待ち遠しいような気になった。

　すぐに馬のようにぶるぶると頭を振った。

　なにを考えているんだい。智ちゃんは妹みたいなもんだよ。妹をお嫁になんか、できるわけないじゃないか。

　しかし、お嫁さんにできたらどんなにいいだろう。幸せだろうねえ。

　あれ、おいらは本当にどうかしているよ。智ちゃんに惚れているのかねえ。まさかねえ。この前、直之進さんを抱き締めたとき、極楽に行ったような気分だったのに。

　直之進さんはどうしているのかねえ。また会いたいねえ。

　富士太郎の思考はとめどがない。

　あれ、と富士太郎は気づいた。前は直之進のことを思ったら胸がきゅんとしたものだが、今はそれがない。これはどういうことなのか。やはり智代に惹《ひ》かれているということなのか。

よくわからないねえ。直之進さんを押し倒したみたいになっちまったけど、あれも勢いだったのかな。それとも智ちゃんだと思っていたのかな。まさか、それはいくらなんでもないねえ。

とにかく着替えを終わらせなければならない。富士太郎は帯を締めた。腹がきゅっとし、身が引き締まるような思いがする。これも常のことだ。よし、やってやるぞ、という気分になるのは、臍下丹田《せいかたんでん》に力が入りやすくなるからだろうか。

これで着替えは終わりだ。箪笥から手ぬぐいを取りだした。顔をうずめたくなるような、甘い香りがする。

これも、智代が来てからのことだ。洗濯物が、どういうわけかかぐわしくなった。どんな秘訣があるのか知らないが、智代がすると、こういうふうになるのだ。若い娘のやることは謎に満ちている。

湯屋に行くように手ぬぐいを肩にかけ、富士太郎は腰高障子をあけて廊下に出た。雨戸は閉まっており、暗さが至るところにわだかまっている。大気も涼しさをはらんでいる。

雨戸のどこにも、外から抜けてくる光の筋は見当たらない。やはり夜明けはまだのようだ。

しかし、もう眠気はない。気持ちはすっきりしている。

あまり音を立てないように富士太郎は雨戸をあけ、沓脱石《くつぬぎいし》の草履《ぞうり》を履いた。井戸端に行き、顔を洗った。

井戸水も頬がぴりっとするような冷たさを帯びている。おかげでさっぱりした。いい香りのする手ぬぐいで、顔をふく。

これも智ちゃんがいなくなっちゃうと、なくなってしまうのかい。寂しいねえ。

富士太郎はなんとなく物悲しくなって、空を見あげた。だいぶ黒色が消え、群《ぐん》青《じょう》色が濃くなっている。青さもちらほらと見えてきている。長かった夜がようやく去ろうとしている。

台所のほうから、まな板を叩く音が響いてきた。なんとも胸のすく小気味いい音だ。

もう起きているんだね。感心だよ。それにしても、智ちゃんはまったく包丁が達者だねえ。信じられないよ。包丁が剣だったら、まさに達人の域に達しているというところだねえ。

だしのにおいも、ほんのりと漂ってきた。富士太郎は思いきり吸いこんだ。

ああ、いいねえ。智ちゃんが煮だすと、ちがうだしを使ってるみたいになるから、ほんと、不思議だよ。味噌汁も、口に含むと天にものぼるような心地になっちまうしさ。いったいどうやったら、あんなにうまくつくれるのかねえ。料亭でも通用するんじゃないのかねえ。きっと天性ってもんなんだねえ。

料亭、と思って、富士太郎はまた馬浮根屋を思いだした。あの大男め。きっとつかまえてやるからね。

しかし、馬浮根屋とは、なんとも人を食った名だ。なにか意味があるのか。意味がないはずがないが、さっぱりわからない。

ちくしょう、これもきっと暴いてやるからね。

東の空が白んできている。吹きすぎる風に潮の香りがついている。それでも夏の頃のようにべたつかず、さらっとしており、冷たさすら感じさせた。ついこのあいだまで、うだるように暑かったのが嘘のようだ。

富士太郎はもう一度、手ぬぐいで顔をふいた。庭を横切り、沓脱ぎから廊下にあがった。部屋に戻ろうとして、足をとめた。きびすを返し、廊下を逆のほうに行く。

　突き当たりを左に曲がる。だしのにおいが急に濃くなった。

　富士太郎は台所が見えるところまで来て、静かに立ちどまった。そっと台所のなかをうかがう。

　いた。智代が一所懸命に働いている。額に汗が浮いているのが、とてもかわいらしい。抱き締めたくなる。

　味噌汁の味見をしている。ちょっと味噌が足りなかったのか、首をひねり、ほんの少しだけ鍋に足した。

　小走りに横に行き、湯気を噴きあげている釜の火加減を見る。もういいと判断したようで、釜の下の薪を外にだした。あとは余熱で蒸らせばいい。

　それから竈《かまど》の上に置いてある網を見た。なにか焼いているようだ。においからして、茄子《なす》ではないか。

　あれは富士太郎の大の好物だ。醬油を垂らして口に持ってゆくと……、よだれが出てきた。あれは特に飯が進む。

ああ、智ちゃん、覚えていてくれたんだねえ。智ちゃんは、本当にいい子だねえ。しかし、おいらはお兄ちゃんだからねえ。小さい頃からお兄ちゃん、お兄ちゃんってまとわりついてきたものねえ。

しかし、今は富士太郎さんと呼んでいるねえ。このちがいはなんなのかね。いつから、おいらのことをそういうふうに呼びはじめたんだろう。

富士太郎はしばし、ぼんやりしていた。目の前に、小さな影が立ったのにも気づかなかった。

「富士太郎さん」

呼びかけられて、はっとした。そこに誰がいるのか、目がとらえる。

「あ、ああ、智ちゃん」

清楚《せいそ》な立ち姿だ。くりっとした鳶《とび》色の瞳が愛らしい。左の頰にえくぼができるのがたまらなくいとおしく感じられる。

すぐそばに、こんなにかわいい娘がいるのが信じられない。直之進を押し倒したことが、夢のなかの出来事だったように思える。

こんな娘が手の届くところにいるのに、どうしてあんな真似をしてしまったのだろう。いくら頭に血がのぼり、惑乱してしまったからといってもどうかしている。

「富士太郎さん、どうかしたんですか。なにかぼうっとされていますよ」

智代が心配そうに見ている。

「ああ、まだ寝ぼけてるんだよ」

「じゃあ、寝ぼけてここまでいらしたんですか」

えっ、と富士太郎は自分がどこにいるか、確かめた。そうだよ、寝ぼけてふらふら来ちゃったんだよ、といおうとして、口を閉ざした。そうじゃないだろう、というもう一人の自分の声がした。

富士太郎は咳払いし、頭を振ってしゃんとした。

「顔を洗っていたら、まな板の音がきこえてきてさ、なんか智ちゃんの顔が見たくなっちまったんだよ」

「えっ、そうなのですか」

智代の顔に、みるみるうちに喜色の波が広がってゆく。うれしい、とぽつりとつぶやいた。

「そんなにうれしいのかい」

「はい、うれしいです」

智代はにこにこして、今にも飛びついてきそうだ。夏の太陽をはね返しているかのように瞳がきらきらしている。

「おいら、ここから智ちゃんのこと、のぞき見していたんだよ。気味《きび》が悪くないかい」

「気味が悪いだなんて、そんなこと、ありません。富士太郎さんが見ていてくれたなんて、うれしくて仕方ありません」

あまりにその表情がけなげで、富士太郎は手を伸ばしそうになった。そのとき、母の田津《たづ》の智代を呼ぶ声がきこえなかったら、抱き締めていたにちがいない。

富士太郎はあわてて手を引っこめた。その動きに気づいて、智代が残念そうな顔になる。少し寂しげな微笑を口元に浮かべて富士太郎にいった。

「お母さまに朝の挨拶をしてまいりますね。すぐに朝餉にしますから」

智代が富士太郎の脇を通り抜け、廊下を小走りに行く。甘やかな残り香が、鼻先をかすめる。

富士太郎は手でそれをかき集め、思いきり吸いこんだ。

富士太郎は出仕した。詰所で書類仕事を少しばかりこなしたあと、大門の下に出た。珠吉が待っていた。

明るい口調で朝の挨拶をかわす。珠吉の声に張りがあり、顔色もよいのを知って、富士太郎は安堵した。

この調子なら、今日もきっと元気に仕事をこなしてくれるにちがいない。珠吉がいないと、仕事に障《さわ》りが出る。それは以前と変わりない。

「だいぶ涼しくなってきましたねえ。ほっとしますよ」

珠吉の顔と声につやがあるのは、涼しくなってきたのと無関係ではあるまい。

「今日から、馬浮根屋を徹底して調べるんですね」

「そうだよ。あの野郎、とっつかまえずにおくもんか」

「旦那、ずいぶんと張り切っていますね。なにかいいことでもあったんじゃないんですかい」

「えっ、いいことかい」

智代の笑顔が浮かぶ。それだけで幸せな気持ちになる。

「あったんですね」

「えっ、たいしたことじゃないよ」

「おなごじゃありませんかい」

「えっ」

なんでわかるんだい、といいそうになった。珠吉がにやりとする。

「図星《ずぼし》ですかい」

「そ、そんなこと、ないよ。朝っぱらからおなごのことで、いいことなんか、あるわけないじゃないか」

「しかし今、智代さんがお屋敷にいるんですよねえ。智代さんといいことがあったんじゃないんですかい」

「なにもないよ」

「旦那、さすがに強情ですねえ。なかなか吐きませんね」

「当たり前だよ。今はおなごにかかずらっているときじゃないからね。なんといっても、北野屋さんの七人の仇を討たなきゃいけないもの」

「失礼しやした。旦那のいう通りですねえ」

珠吉が表情を引き締める。そうすると、渋めの役者のように精悍《せいかん》な顔つきになる。若い頃は、さぞもてたのではないか。

珠吉が厳しい眼差しを富士太郎に注ぐ。

「それで、どこに行きますかい」

「まずは小日向だね」

「馬浮根屋に向かうんですね」

「そうだよ。町名主のところで、人別帳を見せてもらうんだ」

富士太郎と珠吉はすぐさま大門を出た。風が心地よく、足を急がせてもそんなに汗をかかなくなっている。

珠吉の額にも汗は浮いていない。夏のあいだは汗をしたたらせて、まさに老体に鞭打つように歩いていた。それが気の毒でならなかった。

今は日の力も弱まって、光を浴びていてもさして暑くない。江戸の町は大気が澄んでいることもあるのか、どこか透明な感じがして、とても気持ちがよい。

小日向の人別帳には、馬浮根屋のことはしっかりと記されていた。そんなに昔にこの町に越してきたわけではない。三年ばかり前のことだ。その前は、本郷元《ほんごうもと》町《まち》にいた。

小日向の人別帳におかしいところはなく、富士太郎と珠吉は急ぎ足で本郷元町に向かった。

ここでも、町名主から人別帳を見せてもらった。馬浮根屋は、この町には一年ほどいたにすぎない。巣を移すようにさっさと小日向へ越していた。

本郷元町の前は、音羽《おとわ》に店を構えていた。一丁目である。ということは、護国《ごこく》寺《じ》のすぐそばである。一等地といってよい場所だ。

だが、ここにも一年ばかりしかいなかった。その前も転々と店を移している。

人別帳を追っているうちに、古い記録は散逸してしまい、馬浮根屋がどこからやってきたのか、正確なところをつかむことはできなくなった。

江戸に来て、まだ十数年というところではないか、というのが富士太郎の得た感触だった。いったいどこからやってきたのか。居どころを次々に変えたのは、やはり出自がどこなのか、知られたくないからだろう。

そして、古い記録が消え、これなら決して手繰《たぐ》られることがないと確信したのではあるまいか。今までじっと時機を待っていた。今こそ好機が到来したと判断し、馬浮根屋箱右衛門は行動を開始したのではあるまいか。

その後、富士太郎は方向を変え、馬浮根屋の得意客を当たっていった。なにか箱右衛門から手がかりとなるようなものをきいていないか、という期待があった。

琢ノ介が用心棒として雇われている千代田屋《ちよだや》にも足を運んだ。

琢ノ介は元気よく働いていた。店の裏手に当たる家人たちが暮らす屋敷の庭先で、薪割りをしていた。町道場で師範代がつとまる腕をしているだけのことはあり、鮮やかに薪を真っ二つにしてゆく。

「だいぶいいみたいですね」

富士太郎は声をかけた。琢ノ介が斧を持つ手をとめ、背筋を伸ばした。とんとんと拳で腰を打つ。

「おう、樺太郎《かばたろう》じゃねえか」

富士太郎はにらみつけた。

「富士太郎だったな」

「またいいましたね」

「なにを。ああ、樺太郎か。そうか、おぬしは富士太郎だったな」

「しらじらしい。この豚《ぶた》ノ介が」

「なんだ、喧嘩を売る気か」

「売ってきたのはそっちでしょう」

「やる気か」

「いいですね。十手の冴えを見せてやりますからね」

「おう、見せやがれ」

琢ノ介が斧を構える。

「まあまあ、二人とも」

珠吉があいだに入る。あきれ顔をしていた。

「珠吉、とめないでおくれ。今日こそ、この豚野郎を叩きのめしてやるんだからね」

「ついに豚野郎とまでいいやがったな。このうじ太郎が」

「うじ太郎って、いったいなんのことだい」

「いつもうじうじしているから、うじ太郎だ。わかったか」

「この豚っ、もう許さないよ」

「てめえ、野郎まで取りやがったな」

「旦那、平川さん、もうやめてください」

珠吉がぎろりと目玉をまわして、富士太郎を見据える。すくんでしまうような迫力がにじみ出ている。

「旦那、七人の仇を討つんでしょう。相手は、平川さまではありませんよ」

その言葉で、富士太郎ははっと冷静さを取り戻した。

「そうだったよ。こんな豚侍を相手にしている場合じゃなかった」

「豚侍だと」

怒って斧を振りまわしそうになっている琢ノ介をその場に残し、富士太郎と珠吉は千代田屋の一人娘であるお世津《せつ》とその祖母のおいとに話をきいた。

「すみません、あたしら、あのお店に行ったのはあの日が初めてだったんです」

おいとが消え入りそうな声でいう。

「ですから、あの店のことは、なにも知らないんですよ」

そうかい、と富士太郎はやさしくいった。

「その後、命を狙われているような感じはあるかい」

おいとがかぶりを振る。

「ありませんねえ。あの店をあわてて出たあの日からいやな目を感じたのだって、いま考えてみると、勘ちがいだったんじゃないかって思えますもの」

勘ちがいなんかじゃなかったんだよ、と富士太郎はいいたかった。おそらく、まつたけ、という言葉をきかれ、その場にいた六人の侍かほかの者かはわからないが、監視の者がおいとについたのはまちがいのないところだろう。

まつたけが即座に松平武蔵守につながるとは、馬浮根屋側も考えなかっただろうが、万が一を慮《おもんぱか》ったにちがいない。まつたけが松平武蔵守であると、今は町奉行所の者ですら知っている。ここまで事態が進んできた以上、もはやおいとに監視をつける必要はなくなった。そういうことなのではないか。

おいとの孫娘のお世津は、なにか思いだそうと必死になっている。富士太郎たちの役に立ちたいと願っているようだ。素直な顔立ちをした、心根のやさしそうな娘である。いかにも利発そうな目がつぶらで、見ていていじらしくなるほどだ。

だが、残念ながら、なにも思い浮かぶものはなかったようだ。

「なにか思いだしたことがあったら、遠慮せずに教えておくれね」

「はい、わかりました」

明るい声で答えた。

千代田屋を辞去した富士太郎と珠吉は、相模屋《さがみや》という廻船問屋を訪ねた。この店の者が、おいととお世津の二人を馬浮根屋に誘ったのである。

忙しそうな店だが、どことなくうつろさが漂っているのはなぜなのか。なにか商売に身が入っていないという感じを、長い廊下を歩きながら富士太郎は受けた。

こういう店は長くないんじゃないかねえ。きっと上の者に遊び人がいて、金をじゃぶじゃぶ使っちまっているに決まっているよ。あるじかねえ。それとも、せがれかね。

奥の座敷で、おりくという娘とおたけという祖母に会った。

二人とも上等の着物をまとっていた。上品そうな顔つきをしている。

富士太郎が馬浮根屋箱右衛門のことをききたいといったら、おたけのほうがすらすらと話しはじめた。

「いえ、あの店の主人のことはあまりよく知らないのですけど、落ち着いた佇《たたず》まいで、しかもおいしい料亭ってことで、せがれがよく取引先の接待に使っているものですから、私たちもときおり足を運ばせてもらっているのですよ」

「せがれというと、あるじの氏左衛門《うじざえもん》さんのことだね」

富士太郎は一応、確かめた。

「ええ、さようですよ。働き者ですよ」

目を細めておたけがいう。

「馬浮根屋だけど、今はもう店を閉めてしまったんだよ。知っていたかい」

二人が目をみはる。

「いえ、知りませんでした。いつのことなのですか」

「つい最近だよ」

「そうですか。はやっているように見えたのですけど、そうでもなかったのかしら」

富士太郎は軽く咳払いした。

「くどいようだけど、馬浮根屋箱右衛門のことで、知っていることはないかい」

二人の女が考えこむ。祖母と孫だけに、首を傾ける仕草がそっくりである。ほほえましい光景だ。

「先ほども申しあげましたけど、ご主人のことはあまり存じあげておりません。でも、一つだけ」

おたけが人さし指を立てる。

「なんだい」

「以前、向島《むこうじま》に遊びに行ったときのことです。あそこには、うちの別邸があるものですからね」

なるほど、と富士太郎は相づちを打った。斜めうしろから、珠吉が真摯《しんし》な視線をおたけに注いでいる。

「別邸のそばでお花をこの子と眺めているときに、ちょうど馬浮根屋さんを見かけたんです」

「へえ。向島で」

「ええ、そうです。向島ですよ」

幾分、大きな声でおたけがいった。

「そのことをこの前、箱右衛門さんにいったのですけど、あの人、人ちがいでしょう、と答えたのです。でも、あれは紛れもなく箱右衛門さんだったわよねえ」

おたけが孫娘に同意を求める。

おりくが深くうなずく。

「はい、おばあちゃんのいう通りです。あんなに大きな人、いくら私たちでも、見まちがえるはずがありませんから」

第三章

一

唖然とした。

口があきそうになるのを、なんとか抑えこむ。

そんなことがあっていいのか。

しかし、その次にやってきたのは怒りだった。一瞬、これで終わりがきたのかと思ったが、そんなことがあるはずがない、と直之進は思い直した。幕引きなどということは決してない。これが、新たなはじまりにちがいなかった。

夏の太陽にあぶられるような熱を感じ、直之進はそちらに顔を向けた。瞳に凄みのある鋭さをたたえた佐之助の横顔が、目に飛びこんできた。

眉尻がきゅっとあがっている。肩をわずかに震わせている。この男も紛れもなく自分と同じことを考えて、猛烈に腹を立てている。

「まことなのか」

佐之助が前に正座している登兵衛にあらためてただす。苦い顔をした登兵衛が深いうなずきを見せる。

「まちがいありません。老中榊原式部太夫政綱《まさつな》さまはお亡くなりになりました」

佐之助が眉根を寄せ、さらに厳しい顔つきになった。

「腹を切ったといったな」

「はい。昨夜遅く、変わり果てた姿で見つかった由《よし》にございます」

「遺書は」

「あった由に」

「それにはなんと」

「上さまを狙って大砲を放ったことなど決してない。尋問の場に引きだされたことだけでも恥辱。ここは無実を明かす意味で腹を切ってお見せする、という意味のことが記されていたようにございます」

「ふむ、もっともらしいな。遺書は自筆か」

「いえ、筆が乱れているせいで、判別できないようにございます」

「登兵衛どの、訊くが、榊原式部太夫は殺されたのだな」

登兵衛がしっかりと顎を引く。

「おそらくそういうものと。うしろから抱えこまれ、有無をいわさず脇差を突き立てられたのではないかと思われます」

「口封じと考えてよいのだな」

「はい、そういうことでございましょう。馬浮根屋箱右衛門配下の忍びの仕業《しわざ》でしょうな」

うむ、と佐之助がいった。

「死んだのは榊原式部太夫のみか」

「いえ、殉死者も出ているそうにございます。常に主君のそばを離れずにいた小姓衆ばかり、五人という報が入っています」

「死んでいたのは、同じ部屋か」

「いえ、隣の控えの間だったとか」

「その者たちも口封じされたのだな」

「おそらくは。榊原式部太夫さまがどこに行こうと必ずついてまいった者たちでしょう。どこで誰と会っているか、すべて知っていたでしょうから」

「軽々しくしゃべられては、障《さわ》りがあるということだな。若い者が多かろうに無慈悲なものよ」

佐之助が唇を嚙み締める。

「榊原式部太夫はどこで殺された」

「大島村《おおじま》の下屋敷にございます」

直之進は、榊原家の下屋敷に和四郎とともに向かったときのことを思いだした。

下屋敷の近くには、参聞寺《さんもんじ》という、もともと三文の元手で博打《ばくち》に勝って、寺の地所を手に入れた住職の伝説のある寺があった。

参聞寺の今の住職は、榊原式部太夫の碁敵《ごがたき》ということだった。榊原式部太夫は参聞寺を訪れては、夜を徹して碁を打つこともあったそうである。

下屋敷そばの地蔵堂で、一眠りした和四郎を守っていたこともよみがえってきた。

下屋敷に和四郎と一緒に忍びこんだ途端、棒術の二人に襲いかかられたことも、脳裏に浮かんできた。

馬浮根屋の蔵の地下でこちらを襲ってきた二人の棒術遣いを、直之進は返り討ちにしていた。二人は馬浮根屋の水攻めのなか、血を流しすぎて死骸となった。

今、あの二つの死骸はどうなっているのだろうか。まさか、水に浸かったままではないのか。

「ほう、そうか」

佐之助が登兵衛にいった。

「それにしても、家臣がよく公儀に死を知らせてきたな。大名家など特にそうだが、武家は体面を重んじて、なんでも秘匿《ひとく》したがるではないか。切腹してのけた際にも、平然と病死届をだすなど、恥を知らぬ」

「どうやら、客人が亡骸を見つけたそうにございます。ゆえにごまかせなくなったというのが本当のところかもしれません」

「客人というと」

「近くの寺の住職で碁敵ということにございます。ふだんは住職が榊原式部太夫さまを寺に迎えることが多かったようですが、昨日は逆だったそうにございます」

佐之助が眉をひそめる。

「碁の最中、腹を切ったというのか」

「そういうことにございます。住職が厠《かわや》に立って、戻ってきたときには事切れていたそうで」

「それはまた素早い」

馬浮根屋の忍びの腕前を皮肉るような口ぶりで佐之助がいった。

「榊原式部太夫は碁を楽しんでいた様子ではなかったのか」

「はい、それはもう。ふだんとお変わりなかったと住職は申しています」

「そんなときを狙うなど、馬浮根屋は相当焦っているな」

確かに、と登兵衛が深い相づちを見せた。

「それにしても――」

久しぶりに口をひらくと、佐之助と登兵衛、和四郎がいっせいに直之進に視線を当ててきた。

「なぜ馬浮根屋は、榊原式部太夫を殺す必要があった」

登兵衛が首をひねる。

「口封じとするならば、しっぽ切りということになりましょうか」

「つまり、こたびの計画を引っぱっているのは馬浮根屋箱右衛門で、榊原式部太夫は使われていたにすぎぬということか」

あるいは、と佐之助が口をはさんだ。

「馬浮根屋箱右衛門と榊原式部太夫を、自在に使っている黒幕がいるということも考えられる。その黒幕がもう榊原式部太夫という飼い犬は不要と判断し、ぽいと捨てたということかもしれん」

「松平武蔵守さまの尋問を受けて、榊原式部太夫さまはぐらりと揺れたのかもしれませんね。このままではいずれ落ちる、とその黒幕が判断したと考えても、不思議はありません。黒幕のことは、倉田さまは前にもお話ししていらっしゃいましたな」

登兵衛が佐之助を見つめる。

「よほど確信がおありでございますか」

「確信というほどのものではない。ただ、そう考えると、自分のなかですっきりする」

「その黒幕は、馬浮根屋を手足として使っていることになるな」

うむ、と佐之助が直之進を見やって顎を動かす。

「黒幕は、もともと馬浮根屋と深く結びついているのではないかな。主従のような関係だ。黒幕は榊原式部太夫と新たなつながりをつくり、老中としての地位をいろいろと利用させてもらったのだろう。そして、こたびの計画が進み、榊原式部太夫はもはやいらなくなった。榊原式部太夫の口が軽かったかどうか、俺は知らぬが、もはや邪魔な存在でしかなくなった。あるいは、手駒としか考えていなかったのに、勝手に意志を持ったか」

登兵衛の前を辞し、直之進と佐之助、和四郎の三人は田端村の別邸を出た。途端に馬糞のにおいに包まれる。

空は雲がびっしりと覆い尽くし、陽射しはまったくない。乾いた風は涼しく、襟元にすいと入りこんでくるが、身震いするほどではない。土埃が舞いあがる。

目を閉じ、顔を伏せることで直之進はやりすごした。

まいったな、といって和四郎は目をしきりとこすっている。

「あまりこすらんほうがいいぞ。目に傷がつくときいたことがある」

佐之助が忠告する。

「ええ、わかってはいるんですが」

和四郎が手をとめた。少し涙が出ている。

「大丈夫か」

直之進はたずねた。もう平気です、と和四郎が答える。

「災難だったな」

「しかし、湯瀬さまも倉田さまも、まったく平気な顔をされていらっしゃいます。手前は未熟です」

「精進しろ」

佐之助が前を見据えたままいった。

風は吹き続けている。直之進たちはその風に逆らうように歩いた。目指すのは、薩摩示現流も教えている究魂流の道場である。

四半刻ばかりのち、直之進と佐之助、和四郎は、究魂流の道場に向かう最後の路地を曲がろうとしていた。

その手前に、暁林寺という小さな寺がある。昨日、佐之助が戦った鎖鎌の男を、直之進は思いだした。

暁林寺の山門の前に置いたあの男の死骸は、どこにもなかった。寺の者が一両の供養料で、なにもいわず始末してくれたのだろうか。それとも、寺社奉行に届けをだし、寺社方が引き取っていったのだろうか。

究魂流の道場は路地の左手にあった。昨日会った賀来一貫斎によると、小さな道場とのことだったが、本当にこぢんまりとした建物が地面にへばりつくように建っていた。すでに雲が切れ、わずかながらも日が射すようになっており、道場のわびしさをほのかに照らしだしている。

戸口に近づいた和四郎が、すぐさま訪《おとな》いを入れた。応《いら》えがあったが、酒に酔っているような声だった。入ってくれ、といっている。

直之進たちはなかに足を踏み入れた。

狭い土間に、ちびたような薄汚れた簀《す》の子《こ》が敷いてあり、そこから道場にあがれるようになっていた。簀の子のあたりに、履物は一つもなかった。まだ門人は一人もやってきていないということか。

「どなたかな」

しわがれた声が耳に届いた。髪が真っ白の男が、柱の陰からこちらをのぞきこむように見ていた。

くぼんだ眼窩《がんか》の奥に光る目が細く、彫りの深い顔立ちをしている。顔のまんかに位置する鼻が異様に大きく、表情にわずかな愛嬌を与えている。

顎ひげがだいぶ伸びているが、ほとんど手入れされていないようで、つららのようにばりばりにかたくなっているのが触れずともわかった。顔だけ見ると、かなり老《ふ》けているように思えるが、まだ五十をいくつかすぎたところではないだろうか。単に、古河へ行ってきた旅の疲れがそう見せているのか。

着物もいつ洗い張りをしたのか、わからないようなもので、しわだらけだ。虱がたっぷりと棲み着いているのではないか、と思えるような代物《しろもの》である。

「麦田清梁さまですか」

和四郎がていねいな口調でたずねた。

「ああ、わしが麦田だが、おぬしらは」

「賀来一貫斎先生のご紹介でやってきた者です」

和四郎が直之進と佐之助の名を告げてから、自らも名乗った。

「一貫斎先生のな。それにしても三人も訪ねてくるなど、ここ最近ではないことだな」

清梁が細い目を丸くしている。不意に瞳を和ませた。

「入門願いかな」

和四郎がすまなそうにする。

「いえ、そういうわけではありません」

「そうか。ちがうのか」

清梁の肩がわずかに落ちる。思い直したように顔をあげた。

「それで用件は」

和四郎が説明する。

「ほう、示現流のことを」

「はい。清梁さまが古河で会得されたというお話もうかがいました」

こんなところではなんなので、と直之進たちは奥に通された。古くてすり切れた畳の六畳間である。壁がところどころはげ落ち、骨組みの竹が見えている。かなり困窮している様子だ。まさかここまで貧しているとは、一貫斎は一言もいっていなかった。

さすがの佐之助も、顔にこそだしていないが、面食らっているらしいのが、なんとなく伝わってきた。

古河へは、金の無心で行ったのではあるまいか。

清梁が部屋を見まわす。顎ひげを乱暴にかいた。ついでといわんばかりに、ほとんど剃られていない月代《さかやき》もがりがりとやった。

「茶もださずにすまん。男手ばかりで、台所をする者がおらんのでな」

茶など、この道場のどこを探してもないのはわかったが、そのことを直之進たちが口にするはずがなかった。

「用件は、示現流のことをききたいとのことだったな」

清梁のほうから本題に入った。さようにございます、と和四郎がうなずく。

「示現流のなにをききたい」

「一貫斎先生からうかがったのですが、清粱さまは古河で会得されたと。それはまちがいございませんか」

清粱が大きく顎を引いた。

「ああ、まちがいない。通っていた道場で習い受けた」

「その道場は示現流の道場だったのですか」

「いや、そういうわけではない。うちは究魂流という流派を掲げているが、望む者には示現流も伝授している。それと同じだった」

「道場主が示現流を会得していたのですか」

「そうだ。薩摩示現流がどういうふうに関東に入ってきたか、存じているか」

もちろん直之進たちは知っていたが、和四郎は首をかしげてみせた。それを見て、清粱がうれしげに関東の示現流の来歴を滔々《とうとう》と説明した。

「というわけで、牧野侯が延岡から持ち帰った示現流は、笠間を中心にかなりの広がりを見せている。わしの故郷の古河にも入ってきたというわけだ」

「古河では示現流は盛んなのですか」

「そういうわけではない。古河の殿さまは土井侯だが、別にお家流として採用しているわけでもないし」

なるほど、と和四郎がいった。軽く咳きこんだ。

「清梁先生は、こういう人物をご存じではありませんか」

和四郎が、直之進が倒した示現流の遣い手とおぼしき者の人相をすらすらと告げた。目が細く、鼻が丸く、頬がたっぷりとし、額が広い。背丈は中背で、やや小太り。歳の頃は二十代半ばから三十にかけて。

それをきいて、直之進は心中で目をむいた。佐之助がその気配を感じ取ったらしく、ちらりとこちらを見た。どうした、と目がきいている。あとで話すという意味で、直之進は小さく首を振った。佐之助が、そうか、という顔で正面を向く。

よく見ていたな、と直之進は感心した。なにしろ、榊原家の上屋敷における闇のなかの戦いで、直之進は示現流の男を斬り殺してしまったのだが、戦いの物音をきいた榊原家の家臣たちが殺到してくる気配がしたために、その場をあとにするしかなかったのだ。

そのせいで、直之進は遣い手の顔はろくに見ていない。だが、あのとき和四郎はしっかりと見届けていたのだ。

そういえば、と直之進は思いだした。最初にあの男の襲撃を受けたときは頭巾をかぶっていたが、二度目は頭巾を着けていなかった。

それを和四郎は見逃さなかったのである。たいしたものだ、とほめてやりたくなった。

しかし、清梁は申しわけなさそうな顔でかぶりを振った。

「知らんな」

「こちらの門人にそのようなお方はおりませんか」

「おらぬ。このところ、入門する者はとんとおらぬゆえ。前にいた門人で、示現流を教えた者は何人かおったが、そういう人相の者はいなかったな」

さようですか、と和四郎が相づちを打った。

「いま申した人相の者はかなりの遣い手だったそうにございますが、そういう遣い手に心当たりはございませぬか」

「心当たりはない」

あっさりといいきった。だが、とすぐに言葉を続けた。

「真向流《しんこう》という流派がある。知らんとは思うが」

「はい、申し訳ありませんが、存じません。そこは示現流の道場なのですか」

ちがう、と清粱はいった。

「わしと同じ一刀流の道場よ。そこの木下連御斎《きのしたれんごさい》という道場主は、わしが若い頃、通っていた道場でともに学んだ仲だが、やはり示現流をものにしておる。わしとちがって人に教えるのがうまく、門人たちを上手に持ちあげることができるから、道場も実によくはやっている。連御斎にきいたら、なにか知っているかもしれんな」


連御斎という名は、三代将軍の家光の時代に尾張で活躍した柳生兵庫助《やぎゅうひょうごのすけ》の三男連也斎《れんやさい》を思い起こさせる。連也斎から名を取ったのだろうか。

ありがとうございます、と和四郎が頭を下げる。

「連御斎さまも、古河から江戸に出て道場をひらかれたのですか」

「そうだ。ここから半里ほど西へ行ったところだ。あれは、なんという町になるのかな。護国寺《ごこくじ》のほうだ」

「護国寺ですか。となると、音羽《おとわ》のほうにございますか」

「音羽ではないな。わしはあまりあちらの地理に詳しくないので、よくは知らんのだが、音羽からまだ西へ行ったところだ」

「雑司ヶ谷《ぞうしがや》でしょうか」

それをきいて、清梁がぽんと手のひらを打ち合わせる。

「それよ。雑司ヶ谷よ。そのあたりの、確か、高田なんとかという町だったな」

「それでしたら、高田四家町でしょうか」

「ああ、そいつだ。まちがいない」

清梁が自信満々にいった。ありがとうございました、と和四郎がいった。造作をかけもうした、と直之進と佐之助も頭を下げた。

「いや、まあ、このくらいなら、なんということもない。造作のうちに入らんな。しかし、おぬしら遣えるなあ」

直之進と佐之助に目をやって、しみじみといった。

「わしにもおぬしらほどの腕があったら、ちっとは繁盛したのかもしれんが、今さらいっても詮《せん》ないことだな。見ての通り、もう道場をたたむしかなくなっている。これでも二十年近く、生き馬《いうま》の目を抜くという江戸でやってこられた。それだけでも、よしとすべきだろう」

「廃業されて、どうされるのです」

和四郎がびっくりしてきく。

「故郷に帰る。幸い、弟が商売をしていて、うまくいっているようなんだ。面倒を見るから、いつでも帰ってこいといってくれている」

清粱が古河へ行ったのは、そのことに関してだったのかもしれない。

さようですか、と和四郎が少し安心したようにうなずく。

「些少ですが」

懐から紙ひねりを取りだし、清粱に握らせた。

「いや、このようなものは」

清粱は遠慮してみせたが、目が輝いている。喜びを隠しきれずにいる。

「どうぞ、お受け取りください」

「すまぬな」

清粱がうやうやしく受け取り、懐に大事にしまいこんだ。

それを潮に、直之進たちは礼をいって道場の外に出た。相変わらず空には雲が流れていて、陽射しをさえぎっている。

肌寒さを覚えるほどの涼しさが、町をすっぽりと包みこんでいる。道を行きかう人たちも、袷《あわせ》の着物の襟元をきっちりと合わせ、背中を丸めていた。

直之進も懐に風が入りこまないように着物を直した。和四郎も同じようにしている。佐之助だけは寒風を浴びても、まさにどこ吹く風というように平然としていた。

直之進たちは、雑司ヶ谷に向かった。

半刻ほどで着いた。かなりの早足で歩いたが、さして汗は出なかった。

つい最近まで、だらだらと汗をしたたらせていたことを思うと、嘘のような感じだ。季節はどんなに遅くとも必ずめぐってくることを、直之進は実感した。

雑司ヶ谷といえば、鬼子母神《きしもじん》で有名だ。直之進はこれまで足を運んだことがなく、一度、行ってみたいと思っていたが、今回はそんな暇はなさそうだ。

高田四家町の真向流の道場は、すぐに見つかった。町自体はさほど広くないが、道場は宏壮《こうそう》といってよい造りだ。百畳ほどあるのではないか。

その広々としたなか、大勢の門人が稽古に精をだしている。活気が外にあふれだしている。それが新たな入門者を呼んでいるのは紛れもない。いっては申しわけないが、清梁の道場とはえらいちがいだ。

これだけのちがいがどうして生じるのか、直之進は知りたいくらいだ。

和四郎が真向流と記された看板の脇にある戸口に立ち、訪いを入れた。門人に、道場主の木下連御斎に会いたい旨を告げた。

「先生はまだいらしておりませんが」

「いらしていないということは、家は別にあるということですか」

「はい、さようです」

「今、そちらですか」

「はい。先生は、午後の八つまでは書を読む時間に充《あ》てておられますから」

「先生の家はどちらですか」

教えてよいものか、門人の顔に迷いがあらわれた。

「別に怪しい者ではありません。ちょっと剣術のことで、先生にお話をききたいものですから」

「はあ、剣術のことで」

「ええ、先生は薩摩示現流の達人でもあるときいたのです。江戸では珍しいものですから、少しお話をききたいと思っているのです」

「そういうことなら、先生はお喜びになりましょう。示現流の話になると、唾を飛ばすようにお話を続けるお方ですから」

道場の前の道を北に行くと、二軒の武家屋敷をすぎたところで道が二股に分かれるから、左側の道を進む。そこから半町ばかり行った右手の林を背に、一軒のかなり大きな家が建っている。

「建ってまだ間もないゆえ、すぐにおわかりになりましょう。――いえ、やはりそれがしがご案内いたしましょう」

「かたじけなく存じます。先生はそちらに一人でお住まいですか」

「さようです。ご内儀を迎えるおつもりはないようですね。通いの飯炊きばあさんが一人いるだけです」

門人の先導を受けた直之進たちは、涼しい風に吹かれながら道を進んだ。

連御斎という人はどういう人物なのか、という直之進の問いに、門人が答える。

「先生はとても気さくなお方です。いつも大声で話されますし、がっはっはと豪快に笑われるのもしばしばです。肌がつやつやで、もうけっこうなお歳なのに、白髪は一本もありません。生きる力にあふれている。先生とお会いするたびに、それがしはそんな気がいたします」

家は、門人のいった通りの場所に建っていた。確かに新しい。建ってから、まだ半年ほどしか経っていないのではないか。

よい材木を使っていることもあるのか、濃い木の香りがあたりに流れ、心を洗ってくれるようだ。背後の林の木々が発するにおいを圧している。

連御斎の家を一目見て、直之進は妙な思いを抱いた。人けが感じられない。本当にこの家に連御斎はいるのだろうか。それとも、どこか近所にでも出かけているのか。同じ思いを抱いたようで、佐之助も険しい瞳を家に当てている。

門は設けられていない。ぐるりを囲んでいるのは、生垣だけだ。生垣の一画に設けられた枝折戸《しおりど》を抜けると、白さの際立つ敷石が並んでおり、それを踏んでゆくと、がっちりとした造りの玄関の前に出た。

先生、いらっしゃいますか、と門人がなかに声をかける。しかし、応えはない。門人が首をひねる。

「おかしいな。いつもはすぐにご返事があるのに」

門人が戸を押す。力なくすっとあいた。先生、ともう一度、声をかける。しかし、なにも返ってこない。

そのときには直之進も佐之助も刀に手を置き、鯉口《こいぐち》を切っていた。

「おぬしはここにいろ」

佐之助が門人にいった。しかし、といいかけたが、佐之助に一瞥《いちべつ》されると、うつむいて黙りこんだ。

「なにかよくないことが起きたのかもしれん。ここは俺たちにまかせろ」

「よくないことですか」

「そいつを確かめてくる」

わかりました、と門人がいった。

「手前は」

和四郎がおそるおそるという感じできく。

「おぬしは湯瀬のそばを離れるな。そのほうがよかろう」

うむ、と直之進はうなずいた。和四郎がほっとしている。ここに取り残されるよりましだと考えている。

「よし、行くぞ」

玄関の前に立って、なかの気配を嗅いでいた佐之助が、静かだが決意を感じさせる口調でいった。

腰を落とし加減の佐之助が玄関に入りこんだ。和四郎が続き、最後尾は直之進がつとめた。直之進は門人にうなずきかけてから、そっと戸を締めた。

長い廊下がまっすぐ走り、その両側に襖が続き、いくつもの部屋が連なっている。優に十部屋はあるのではないだろうか。一人暮らしには、明らかに広すぎる。それに柱が太く、節がない。廊下に敷かれた板も幅が広く、つやがいい。

一人でこれだけの屋敷に住めるのは、贅沢《ぜいたく》以外のなにものでもない。こんなに大きな家をつくった理由は、豪奢な気分を味わいたい、それだけだろうか。

「道場主は奥かな」

佐之助が、廊下の突き当たりを見つめていう。直之進は顎を引いた。

「おそらく」

「行くか」

うむ、と直之進は答えた。

三人は廊下を進みはじめた。廊下の板は厚みがある上に、しっかりと貼られており、まったくきしまない。足の裏からほんのりとあたたかみが感じられる。冬は助かるな、と思いつつ直之進は前に足を運んでいった。

相変わらず人けはない。人の気配も感じられない。

突き当たりに着いた。左側は坪庭が設けられている。廊下を右に曲がる。すぐに部屋があらわれた。ここが最も奥の部屋で、東向きになっているようだ。朝日が入るように、意図されてつくったのだろう。ある程度、歳がいくと、南側の部屋は陽射しがきつすぎるときいたことがある。朝日くらいがちょうどよいのだ。

襖の向こうの気配を佐之助がうかがっている。直之進もじっと耳をそばだて、神経を集中させた。だが、人がいる気配はまったく感じ取れない。

「待ち構えている者はないな」

佐之助が直之進に確かめてきた。

「ああ、いないと思う」

「あけるぞ」

うむ、と直之進は答えた。

襖がゆっくりと横に動いてゆく。青々とした畳が目に入ってくる。

あっ。声を放ったのは、和四郎だ。

座敷のまんなかに、人がうつぶせに倒れていた。横顔が見える。無念そうに口をあけ、血とよだれを流していた。

座敷は十畳ほどの広さか。東側の庭に向かって突きだした部屋は、三方が腰高障子になっている。それを通して入りこんだ光で明るい。よく手入れされているのがわかる、背の低い木々が多く植えられている。そのあいだを小鳥が飛びまわる気配がしていた。

注意深く部屋を見まわした佐之助が、敷居を越えて足を踏み入れる。和四郎のあとに直之進も続いた。

「背中から心の臓を一突きか」

佐之助が死骸を見おろしてつぶやく。

「手練《てだれ》だな。やつらか」

直之進は佐之助にいった。

「まずまちがいない。俺たちの動きを知っている。先まわりされた」

「いつ殺された」

佐之助がしゃがみこみ、死骸に触れる。

「もう冷たくなっている。かたくなりはじめてもいる。夜明けくらいか」

上等そうな掻巻を身につけている。行灯《あんどん》がついたままだ。ろうそくは短くなり、じき消えそうだ。

かたわらに分厚い将棋盤があり、端のほうに駒がかたまってのっていた。詰《つめ》将棋《しょうぎ》をしていたようだ。そこを忍び寄られ、一突きにされたのだろう。

死者の顔は、しわがひどく寄っている。髪が黒々しているだけに、哀れさがよりこみあげてきた。

「引きあげるしかないな」

佐之助が言葉に無念さをにじませていった。

「うむ、仕方あるまい。死者に話はきけぬ」

そういって直之進は外に顔を向けた。なんとなくおかしい。先ほどまで飛びまわっていた小鳥の気配がしない。

直之進は瞬時に和四郎に飛びかかり、畳にうつぶせにさせた。どん、と腹に響く音がした。びし、と腰高障子に大穴があき、背後の襖にも穴がうがたれたのがわかった。

佐之助も畳の上に伏せている。

「鉄砲か。湯瀬、またも待ち伏せされていたようだぞ。忍びどもだな。鉄砲が得意な忍びも戦国の世にはいたらしいからな」

声には余裕がある。頬にかすかな笑みを浮かべていた。

鉄砲が続けざまに放たれた。五度、轟音《ごうおん》が続いた。

いずれも玉は直之進たちには当たらなかった。腰高障子と襖は無残な姿になっている。

鉄砲の音がやんだ。

「外に出よう。やつらをつかまえるぞ」

佐之助が目を光らせていった。直之進は、承知したと答え、和四郎の上からどいた。和四郎がほっとする。

直之進たちは姿勢を低くして、部屋を抜けた。庭から撃ちかけられることはなかった。

襖に囲まれた廊下を、玄関に向かって走った。いきなり右側の襖越しに、何挺かの鉄砲が撃ちかけられた。気配には十分に気を配っていたのに、覚《さと》れなかった。

間に合わぬか、と覚悟しつつ、直之進たちは廊下に倒れこんだ。髷をかすめ、鼻先をきな臭いものが通りすぎていった。強烈な熱を感じた。反対側の襖にいくつもの穴が次々にあいた。

直後、直之進たちが廊下に横になるのを待っていたかのように下から突きあげてくるものがあった。槍だ。穂先が厚い板を軽々と突き破ってきた。

それでも板に厚みがあったおかげで、わずかに穂先の速さがゆるんだのは確かだろう。その間に、直之進たちは立ちあがることができた。今まで体を横たえていたところに、槍の穂先がのぞいている。立ちあがらずにいたら、串刺しにされていた。

また鉄砲が放たれた。頭のすぐうしろを熱いものがよぎる。額をかすめ、眉を焦がしていったものもあった。またも襖にいくつもの穴があいた。

「まず鉄砲を放っているやつらをつかまえるぞ」

佐之助が右側の部屋に顎をしゃくる。わかった、と直之進はいった。和四郎に目をやる。どこにも怪我はない。うしろについてくるようにいってから、直之進は刀を抜いた。同時に襖を蹴破る。

また鉄砲が放たれた。大音が轟き渡り、耳を聾《ろう》する。

鉄砲を撃ってくるだろうということは予期していたから、直之進はすぐさま姿勢を低くし、横に跳んだ。和四郎も勘よくちゃんとついてきている。

佐之助も、直之進たちとは逆のほうへはね跳んでいる。

鉄砲の玉は廊下の大気を引き裂いて、反対側の襖に新たな穴をうがっただけだ。

佐之助が目の前の襖を蹴破って、突っこんでゆく。直之進は襖に体当たりした。突進をはじめた。

そこは八畳間だ。しかし、すぐに足をとめることになった。誰もいなかった。

忍びどもはとうにこの部屋を引きあげたようだ。ちっ、と佐之助が部屋を見まわして舌打ちする。逃げ足の速いやつらだ、といまいましそうにつぶやく。

風を切る音がした。部屋のなかに矢が飛びこんできた。畳や襖に突き立つ。火矢だ。ぼろぼろになっている襖はあっという間に燃えはじめた。

「出るぞ」

佐之助が冷静に直之進たちに告げる。

「庭からだ」

これまで動きを読まれている。火がきていない方向を選ぶのなら、玄関だ。だが、ここはあえて敵の裏をかく気のようだ。

直之進たちは襖を蹴倒した。炎を突き破って廊下に出、連御斎の死骸のある部屋に向かった。部屋に入り、死骸をまわりこむ。腰高障子を蹴破り、音を立てて転がり出ると、沓脱石の上に落ちた。

きな臭いにおいがすぐ近くでしている。狙われている。直之進は覚った。佐之助が身を低くした。直之進は和四郎をかばって伏せた。それを追うようにまた鉄砲の音が轟いた。熱い風が体の上をいくつも通りすぎる。同時に火矢も飛んできた。畳に突き刺さり、ぶすぶすと黒煙をあげる。すぐに火は立ちあがりはしないが、襖に刺さったものは大きな炎をすぐに呼びこむ。

もうもうとした煙が天井を這ってゆく。ぱちぱちと音がしているのは、天井板が燃えはじめているからだろう。ごうごうと強風が吹くような音とともに襖が燃えてゆく。そこから炎の舌が伸び、柱をなめあげてゆく。煙がこちらにもやってきて、目にしみる。

さらに矢が降ってきた。火矢でないということは、矢尻《やじり》に毒が塗ってあるのだろう。すべて避けなければならない。

「引くぞ」

佐之助が庭に降りるのは無理と判断して、いった。直之進に否やはなかった。和四郎をうながして動きはじめる。

また鉄砲が放たれた。直之進の太ももをかすめた。袴に穴があいた。玉は左の鬢《びん》もかすっていった。耳が取れたのではないか、という衝撃があり、頭が揺れた。

また鉄砲を撃ってきた。いったい何挺、用意しているのか。玉は直之進をかすめていったが、当たらなかった。

直後、和四郎がよろけた。大丈夫か、と直之進は声をかけた。尻をやられました、と和四郎が顔をしかめていった。

「尻のどこだ」

「肉の一番厚いところです。玉は肉をこそいでいったようです。たいしたことはありません」

「しっかりと毒消しをせんとな」

玉は鉛だから、ちゃんと消毒をしておかないと、あとで体に深刻な症状を及ぼす。死に至ることも珍しくない。

火が激しく燃えはじめ、あたりは白と黒の混じった煙に覆い尽くされた。視界がほとんどきかない。

直之進はどこに行くべきか、迷った。佐之助がこっちだ、といった。

佐之助がどこに向かう気なのかわからなかったが、自信たっぷりな表情が煙のあいだから見え、直之進は素直にしたがうつもりになった。和四郎の手を引くように歩く。

佐之助は次々と畳の部屋を抜けてゆく。やがて部屋は終わり、漆喰《しっくい》の壁の前に出た。さらに火は迫ってくる。畳が燃え、炎の波が立ちあがりはじめた。

ただ、家が広く、柱が太く、板が厚いために、急に火勢は強くならない。そのために、直之進たちには十分な余裕があった。

「この壁を破る」

佐之助が漆喰の壁に触れ、なんでもないことのようにいった。

「できるのか」

壁はていねいに塗りあげられ、いかにも厚みが感じられる。

「できるさ」

こともなげにいって、佐之助がにやりとする。

「湯瀬、目の玉をかっぽじって、よく見ておけ。――いや、このいい方は正しくないな。耳の穴をかっぽじってよくきけ、だ。目の玉は、大きくひらいてよく見ておけ、だな」

佐之助は十分すぎるほどのゆとりを持っている。気息《きそく》をととのえて抜刀《ばっとう》する。

上段に振りあげた刀を、袈裟《けさ》懸《が》けに一閃《いっせん》させた。すぐさま斜めに刀尖を振りあげてゆく。それから胴に振り抜き、返す刀を逆胴《ぎゃくどう》に払った。

見とれるほど鮮やかな刀さばきだ。目にもとまらぬ、というが、和四郎には佐之助がなにをしたのか、ほとんど見極められなかったのではないか。

佐之助が刀をおさめるや、壁を片足でどんと蹴った。壁があっけなく崩れた。まるで砂でできていたのではないかと思わせるようなもろさだ。三角の穴がぽっかりとあいている。

「すごい」

尻を手で押さえた和四郎が息をのむ。

できたばかりの穴から、煙が助けを求めるようにどんどん逃げてゆく。新鮮な大気が代わりに入りこんできて、直之進は大きく息を吸った。

三角の穴は、人が抜けるのにはなんら支障がない大きさだ。

まず佐之助がくぐり、外に敵がいないか確かめた。次に和四郎が続き、最後は直之進だった。

直之進が外に出ると、切り取られてばらばらになった壁が、細かな破片となって地面に落ちていた。厚み自体はやはりかなりのものだ。三寸は優にあるのではないか。

佐之助が考えた通り、こちらに忍びどもはいないようだ。壁を破って出てくるとは、さすがにやつらも考えなかったのだろう。

「よし、湯瀬。敵を引っとらえるか」

佐之助が勢いこんでいって生垣に歩み寄り、外を眺め渡した。しばらく、あたりの様子をじっとうかがっていたようだが、小さく首を振った。

「おらぬ。もう逃げたようだ」

半鐘がきこえてきている。鐘の音はいろいろな方向から耳に届く。近くでは乱打されている。

「仕方ないな。ここは引きあげるしかあるまい」

直之進は炎の手が外柱を伝って屋根まで伸びはじめた家を見つめた。なんとももったいない、と思う。

幸いにも人家から離れた一軒家で、もはや全焼はまぬがれないだろうとはいえ、他の家に延焼することはないように思えた。

直之進たちは大勢の野次馬が集まろうとしているなか、道に出た。さすがに奇異の目を向けてくる者がたくさんいる。鉄砲の音もきいているだろう。

直之進は、ここまで案内してくれた門人が無事なのか、そのことが気にかかっている。

忍びの気配に気を配りつつ、玄関のほうにまわると、あっ、と声をあげて門人が近寄ってきた。目が血走っている。

「いったいなにがあったのですか」

「ここでは説明しにくいな」

むずかしい顔で直之進は門人に告げた。

「先生はどうされたんです」

門人は心配そうな顔だ。

「鉄砲の音が、立て続けにしましたけど」

「座敷で死んでいた」

「ええっ」

門人がのけぞるように驚く。

「だが、鉄砲ではない。背後から刺し殺されていた」

「まさか」

門人が新しい驚きを面に刻む。そのあいだに纏《まとい》や梯子《はしご》、鳶口《とびぐち》、刺股《さすまた》などを手にした火消し衆が駆けつけてきた。ためらうことなく生垣を飛び越え、敷地に飛びこむ。その勇ましさは、見ていて爽快さを覚えるほどだ。

その颯爽とした姿を目の当たりにして、ようやく落ち着きを取り戻した門人に、直之進は自身番がどこにあるか、たずねた。

門人の案内で、直之進たちは近くの雑司ヶ谷清土村の番屋にやってきた。木下連御斎の家でなにがあったのか、村役人たちに委細を話すつもりだった。

このまま知らん顔で雑司ヶ谷を去るわけにはいかない。そのことは、佐之助と和四郎にも了解を取った。

子細を語ったあとで勘定奉行配下の登兵衛に来てもらえば、すぐに番屋をあとにできるにちがいなかった。

二

「このあたりだね」

富士太郎はまわりを見た。先ほど珠吉を連れて向島までやってきた。

むろん、縄張外を調べるということで、無断でできることではない。上司に当たる荒俣土岐之助《あらまたときのすけ》の許しを得ている。

空は、雲が敷き詰められたようになっている。冷たさすら感じさせる風が吹いているというのに、升《ます》のなかにおさまったかのように雲はまったく動こうとしない。意地でも居座ってやるという風情だ。

すぐそばに、渋江村《しぶえむら》の八幡神社のこんもりとした杜がある。相模屋《さがみや》の氏左衛門《うじざえもん》の母であるおたけが、馬浮根屋箱右衛門を見かけたのは、このあたりのはずだ。

おたけは、この八幡神社の前の道を西へ向かう箱右衛門を見たといったのである。

「馬浮根屋の野郎、こんな風景のいいところにいったいなにしに来たんでしょうね」

珠吉が怒らせた目をあたりに配っていう。富士太郎も瞳に鋭さを宿して答えた。

「遊山《ゆさん》というのは、あんな男には考えにくいね。まったく似つかわしくないよ。馬浮根屋がこのあたりに別邸を持っていたという話もきかないしね」

「なにか用事があったんですかね」

「そうだろうね。今回の策に関することかもしれないよ」

珠吉が真摯な顔つきで見あげてくる。目に力があり、表情はやる気に満ちていた。疲れは一切、感じさせない。

富士太郎は、これなら今日も大丈夫だね、と心中でひそかに安堵の息をついた。

「旦那、でしたらこのあたりを虱潰しにしますかい」

「それがいいだろうね。というより、そうするしか今のところ、手立てがないように思えるよ」

富士太郎はすでに馬浮根屋箱右衛門の人相書をたずさえている。これをもとに、この界隈に住む者に、見かけたことがないか、きいてみるつもりだった。

半日かけて、聞き込みを行った結果、箱右衛門らしい男を、見たことがある、見たことがあるような気がする、と答えた者が三人いた。いずれも同じような場所で箱右衛門らしい男を目にしていた。

そこは、渋江村からだいぶ西へ行った墨田村《すみだむら》だった。すぐ近くを荒川が滔々と流れていた。

ちんまりと小高い丘があり、その前に箱右衛門らしい男がたたずんでいたところを見たという者ばかりだ。丘には名がついており、土地の者に風岡《かぜおか》と呼ばれていた。

墨田村の者に話をきいてみると、戦国の昔、この丘には砦《とりで》があったという。今はほとんどが壊されてしまったが、よく見ると、土塁《どるい》の跡も残っているらしい。

どうして風岡という名がついたのか、知っている者はいなかった。古老にきけばわかるかもしれません、という者がおり、その言葉に富士太郎はしたがうことにした。

風岡は今はこんもりとした林に覆われ、土地の者がときおり薪拾いに行くくらいで、ほとんど放置されているとのことだ。

古老に話をきく前に、富士太郎と珠吉は林を分け入り、丘に登ってみた。そこが戦国の昔に砦だったという痕跡を見つけることはできなかった。

だが、どうしてこんななにもないところに、箱右衛門は足を運んだのか。

なにか理由がないとおかしい。しかし、今のところわからない。戦国の昔、箱右衛門の先祖がこの地にいたのか。そのくらいしか想像が働かない。

墨田村の古老と会った。話をきいてみると、風岡は以前、関東制覇を目指す北条方の砦だったという。風岡から軍勢が出て、いくつかの敵方の城を落としたのだそうだ。それは北条家の第二代の氏綱の時代だったとのことである。

風岡という名の由来についてきいてみた。

「風魔《ふうま》というのをご存じですかな」

古老にきかれた。富士太郎にはなんとなくきいた覚えがあった。北条家が使っていた乱波《らっぱ》の類で、確か、北条家が豊臣秀吉に滅ぼされ、関東が徳川家康に与えられたとき、盗賊、夜盗となって江戸の町を荒らしまわったときいたことがある。

富士太郎はそのことを古老に告げた。

「ほう、よくご存じで。まったくお役人のおっしゃる通りにございますよ」

ほめられて富士太郎はうれしかった。珠吉も頬をゆるめている。

「このあたりには風魔の砦といわれているのがいくつかありましてね。風岡もその一つでございますよ」

風魔のいた丘だから、風岡と呼ばれているのだ。

「どこにあるんだい」

富士太郎がきくと、古老はていねいに場所を教えてくれた。

砦跡は四つ。風岡を入れて、すべて半里以内にあった。富士太郎と珠吉はあとの三つを、時間をかけてまわってみた。

最後の砦跡はかなり大きかった。土塁の跡もよく形跡をとどめていた。高さは五丈ばかりか、風岡と同じように木々にこんもりと覆われていたが、頂上だけはきれいに伐《き》られていた。

まわりに茂っている樹木のせいで見晴らしはいいとはいえないが、戦国の当時はきっとよかったにちがいない。遠く筑波山までよく見えたのではないだろうか。

丘の頂上には、草しか生えていなかった。ひどい草いきれのせいで、息がしにくい感じすらある。

だが、くまなく見てまわったおかげで、長屋のような小屋が四軒ばかり建っていたらしい跡を見つけることができた。

柱が立っていた跡を凝視していた珠吉が断言したのである。

「ええ、まちがいありませんや。ここには掘っ立て小屋といっていいものですけど、長屋のような建物がありましたぜ」

「そんなに古いものじゃないね」

「ええ、取っ払われたのは、ここ最近のことだと思いますね」

柱の跡をじっくりと見て、珠吉が告げた。

「つくったのは箱右衛門かね」

「そうだと思いますね」

「なんの小屋かね」

珠吉が考えこむ。

「旦那はもう、箱右衛門どもが風魔の末裔《まつえい》であるとわかっているんでしょ」

「うん、それしか考えられないものね。もちろん、今でも信じがたいものはあるけど、ほかに説明がつかないからね」

さいですね、と珠吉がいった。

「だとすると、風魔の連中がここで鍛錬に励んでいたというのが、最も考えやすいような気がしますが、いかがですかい」

「うん、その通りだね。珠吉の考えが合っていると思うよ」

珠吉がにっとする。

「ほめられついでにいいますけど、やつらがここを引き払ったのは、相模屋のおたけさんや他の者に箱右衛門が顔を見られたからでしょう」

丘を降り、近在の者に話をきいた。富士太郎たちが今いた丘は、北岡《きたおか》というのだそうだ。これは北条からきているのかもしれない。会う者すべてに話をきいたが、箱右衛門を見た者には会えなかった。しかし、一時、北岡には天狗《てんぐ》が棲み着いているという噂が流れたそうだ。

この噂は、風魔の者たちが北岡にいたことを示すものではないだろうか。

ここまで調べてきて、日暮れが近くなった。探索はここまでにして、富士太郎と珠吉は墨田村をあとにした。

「珠吉、風魔はもともと箱根《はこね》に住んでいたんだっけ」

「ええ、そういう話をききましたよ。なんでも、昔は箱根をぐるっと北にまわる道が東海道だったらしいんです。今その道は、足柄古道《あしがらこどう》と呼ばれているというような話をきいた覚えがあります。その街道を行く旅人や荷物を狙った夜盗働きを主にしていたらしいですね」

「伊賀《いが》や甲賀《こうが》の忍びたちも、古来、重要な街道だった鈴鹿峠《すずかとうげ》の周辺で盗賊だった者たちが、時代がくだって忍びに成り代わったという話があるものね」

珠吉がうれしげにほほえむ。

「旦那、なかなか詳しいじゃないですか」

そうかい、といって富士太郎は頬をかりかりと指先でかいた。

「やつらが箱根にいたのはまちがいないとして、箱右衛門の箱は、もしかしたら箱根から取ったんじゃないかね」

歩きながら、珠吉が手のひらを打ち合わせた。

「なるほど、そうかもしれませんね。となると、馬浮根屋というのもやはり意味があるってことになりますね」

珠吉にいわれて、富士太郎は考えこんだ。いつしか日は西の空の果てに落ち、だいぶ暗くなっている。

道を急ぎ足で行く人たちは提灯《ちょうちん》を掲げていた。道沿いの一膳飯屋や煮売り酒屋の店先につり下がった提灯が、足元をほんのりと照らしてくれる。その明かりのなかを道行く人たちの影がせわしなく行きかっていた。

「ばふね、か。馬、浮く、根。ああ、最後の根は箱根の根じゃないかね」

「ああ、そうでしょうね」

前を行く珠吉が同意を見せる。その弾みで手にしている提灯が揺れた。

「となると、馬と浮くというのも意味があるってことだね」

富士太郎はしばらく馬、浮、という文字を頭に浮かべていた。

「浮くという字は『ふ』とも読ませるよね。――ああ、そうか。なんだい、ふうまじゃないか」

珠吉も気づく。

「なるほど、ふ、うま、を逆にしたわけですね。いわれてみればたやすいですが、わかるまでむずかしいですよ。さすが旦那です」

　珠吉にほめたたえられて、富士太郎は舞いあがるような気分になった。

「いや、たいしたことはないよ」

「いいえ、たいしたことはありますよ。旦那はすごいものですよ。さすがですねえ」

　そうかな、と富士太郎は頭のうしろをがりがりとかいて笑った。向こうからやってきたどこぞの女房らしい女が提灯を少し下げて、会釈してきた。

　見覚えのある女ではなかった。女房は、ただ富士太郎を町方と認めて、敬意を表したものらしかった。よくあることだ。会釈を返して、富士太郎はすぐに顔を引き締めた。

「やつらはいつからか知らないが、江戸に出てきたんだね。いや、もともと夜盗として跳梁《ちょうりょう》していたっていうから、そのまま箱根に戻らず、居着いたんだね」

「そういうことなんでしょうねえ。この町が栄えはじめた頃、好き放題に跋扈《ばっこ》していたらしいですからね。業を煮やした町方役人が本腰を入れ、ついにほとんどとらえられたといいますけど、きっと逃れた者もいたんでしょうね」

「そうだねえ。忍者の群れをすべてとらえるなんて、できることじゃないよねえ。きっと当時の町方は、伊賀や甲賀の忍びを使ったんじゃないのかな」

「やったでしょうね。忍びのことは忍びが一番知っているでしょうから」

富士太郎は足をとめることなく振り返った。東の空は墨を幾重にも塗りたくったような闇色に染められている。今日一日、江戸の空に居座った雲はいまだに去らない。

むしろ、昼間より重く垂れこめてきたような感じがする。雨の気配もにおいもしていないが、明日は降りだすかもしれなかった。

「ねえ、珠吉。箱根っていうと、どこの国になるんだい」

富士太郎は顔を戻してきいた。

「あれは相模国でしょうねえ。小田原《おだわら》の近くにありますから」

「ああ、そうだね。相模か。昨日、おたけさんたちに話をきいた相模屋さんは、風魔のこと、知らないかな」

「どうでしょうねえ。相模屋という名だからって、風魔や相模のことに詳しいとは思えませんけどねえ」

「きいてみるような気はするんだけど、どうかな」

珠吉が振り向いて、にこりとする。提灯に照らされたその顔に、疲れの色が浮いているような気がして、富士太郎は胸が詰まった。

「あっしは、寄っていってもいいと思いますよ」

珠吉が快活にいったが、声の張りは朝とはくらぶべくもない。どうしよう。このまま番所に帰ったほうがいいのではないか。富士太郎は思い悩んだ。

「旦那、どうかしたんですかい」

「ああ、いや、あのね」

珠吉が微笑する。

「旦那、あっしが疲れているように見えるんでしょ。しかし、気にする必要はありませんぜ。夜というのは、人の顔をひどく疲労させて見せるものですから」

「そういうものかい」

「そういうものですよ。闇は異なるものを見せますからね。このこととはちがうかもしれませんけど、前に戯作本《げさくぼん》を書いている人に飲み屋で会って話をしたことがあるんですよ。その人は、夜、見直すようなことは決してしないっていうんですよ。するなら昼間だって」

「どうしてだい」

興味を惹かれて富士太郎はたずねた。

「なんでも、夜に見直すと、文章が下手に見えるんだそうですよ。行灯の明かりじゃあ暗すぎて、どうしてかそういうふうに感じてしまうんじゃないか、とその人はいっていました」

「へえ、おもしろいものだねえ」

「ですから、あっしが疲れているように見えるのも、夜のいたずらってことですから、旦那、気にしないでおくんなさい」

わかったよ、と富士太郎はいった。疲れているのは紛れもないだろうが、珠吉がこうまでいい張るのなら、無理に町奉行所に戻る必要はないだろう。ただし、これ以上、疲れの色が濃くなったら、さっさと帰途につくことに決めた。

「相模屋さんだけどさ、まさか風魔とつながっているなんてこと、ないよねえ」

「どうですかね」

珠吉が首をひねる。

「昨日、あの店を訪ねたとき、旦那、妙な雰囲気を感じなかったですかい」

「ああ、感じたね。なにかうつろさのようなものを、おいらは覚えたよ」

「旦那もでしたか。あっしもですよ。なにかよくないことを裏でしているんじゃないかって、思いましたけど、確信がないんで、旦那には黙っていました」

「ああ、珠吉はそういうふうに感じたのかい。おいらは、なにか遊び人でもいて、そのせいで店が傾きかけているんじゃないかって、思ったんだ」

富士太郎は眉間にしわを刻んだ。

「あそこは怪しいのかね」

「いやあ、どうですかね。昨日のおたけさんや孫娘のおりくちゃんの様子は、まったくふつうでしたからね。ですから、あっしは黙っていたというより、忘れてしまったというのが正しいんですよ」

「そうだよね。あの二人の雰囲気は和《なご》やかそのものだったものねえ」

富士太郎と珠吉はとにかく相模屋を訪ねてみることにした。話をきいてみて、損はない。

相模屋の前にやってきたときには、夜のとばりは降りきっていた。刻限は六つ半をすぎているだろう。とうに店は閉じていた。戸はがっちりと締まっていた。前に進み出た珠吉が戸を静かに叩いた。少しの間を置き、臆病窓があいた。警戒していることを隠そうとしていない目が、わずかな明るさを背景にのぞいている。

「なにかご用ですか」

かたい声できいてきた。珠吉に代わって富士太郎は臆病窓の前に立ち、奉公人と目を合わせた。目尻のしわの深さからして、もう五十はすぎていそうだ。番頭だろうか。富士太郎は笑いかけた。

「いや、御用というほどのことじゃないんだけどね」

穏やかな声で奉公人にいった。

「ちょっとあるじの氏左衛門さんに会いたいんだよ」

「どんなご用件でございますか」

奉公人の声は相変わらずかたい。

「相模のことで、話をきかせてもらいたいんだけど」

「相模のことでございますか」

奉公人が、富士太郎の言葉をなぞるようにきいてきた。

「そうだよ。相模屋さんというくらいだから、相模のことに詳しいんじゃないかって思ったんだけど」

さようにございますか、と奉公人がいった。

「あるじはなにも存じないと思いますが、今きいてまいりますので、少々お待ちいただけますすか」

かまわないよ、と富士太郎がいうと、臆病窓がことりと音を立てて閉まった。耳を澄ませると、遠ざかってゆく足音を聞き取ることができた。

冷たさをはらんだ風が土埃を巻きあげてゆく。道を通る人はだいぶ数を減らしている。ときおり思いだしたように提灯が通りすぎてゆくだけだ。

けっこう待たされた。ようやく臆病窓がひらいたのは、風が五、六度、路上に箒《ほうき》をかけるように吹き渡ったあとのことである。

「お待たせいたしまして、まことに申しわけありませんでした。今あけますので、少々お待ちください」

くぐり戸がひらかれ、なかの明かりが道にこぼれ出てきた。それがどうしてか、富士太郎には、ずいぶんとくすんだものに見えた。どうぞ、という声にしたがってくぐり戸に身を入れる。珠吉が続いた。

長い廊下を抜けて、奥座敷に富士太郎たちは通された。清潔な八畳の客間である。

ほっとするようなあたたかさがこもっている。これは、早めに戸締まりをすませたために、昼間の熱がわずかに部屋に残っているゆえだろう。

客間だけに、客があるだろうことを常に予測して、こういう手立てを取っているにちがいない。客に対するいたわり、思いやりが感じられた。

だからといって、この店に漂う空虚さを減じるまでには至っていない。

いったいなんだろうね、このなんともいえない空気は。あまりいいものじゃないねえ。どういうことなのかね。

富士太郎は不思議でならない。やはり悪事に手を染めているのだろうか。まさか風魔とつながりが本当にあるなんてことはないだろうね。

失礼いたします、と声がかかり、襖があいて男の奉公人が茶と干菓子を持ってきた。富士太郎たちの前にていねいに置いて、すぐさま出ていった。

干菓子は落雁《らくがん》である。桃色で、菊の形をしているものだ。一目見ただけで、いかにも高級そうなのがわかる。

富士太郎は湯飲みの蓋をあけた。気持ちがすきっとするような香りが立ちのぼる。

「いい茶葉を使っているねえ。さすがに大店だねえ」

珠吉が同意する。

「へい、まったくで」

「いただいてもいいかね。喉が渇いちゃったよ」

「そりゃ、もちろんかまわないと思いますよ。毒なんか入ってやしないでしょう」

「そうだよねえ」

富士太郎は湯飲みを取りあげ、茶を喫した。苦みのなかに甘みがある。喉越しがよく、すきっとした味だ。落雁も食した。上品な甘さが口のなかで溶け、ほろほろと広がってゆく。これは絶品だ。そのあとに茶を飲むと、声をなくすほどのうまさである。

甘い物に目がない珠吉は、落雁のうまさに感激しきりの様子だ。

お待たせいたしました、との声がきこえ、襖がするするとあいた。男が敷居際に正座し、まじめな顔でこちらを見ている。

「あるじの氏左衛門にございます。お待たせしてしまい、まことに申しわけありません」

深々と頭を下げる。額がつきそうになった。

「そんなに恐縮しなくていいよ。気にしていないから。それより早く入りなよ」

富士太郎は穏やかな口調で誘った。ありがとうございます、といって氏左衛門が膝行《しっこう》してきた。

「お初にお目にかかります」

また深く辞儀する。富士太郎は名乗り、珠吉を紹介した。よろしくお願いいたします、と氏左衛門が顔をあげていった。

異相《いそう》だね、と富士太郎は氏左衛門を一目見て思った。額がひじょうに広く、月《さか》代《やき》との明確な区別がつきにくい。頭のうしろが突き出ているのが、辞儀したときにわかった。細い鼻がひじょうに高く、頬はこけている。目は爛々《らんらん》と輝き、口はほどよく引き締められ、ともにこの男の聡明さを伝えている。

「相模のことについて、お知りになりたいとのことですが」

氏左衛門がいきなり本題に入った。落雁と茶のことをほめようと思っていた富士太郎は虚を突かれた。

「そうなんだよ」

富士太郎は氏左衛門にいった。

「ちょっとしたことがあって、相模についてききたいんだよ。ほかに相模のことを知っていそうな人に心当たりがないものでさ。休んでいるのにすまなかったね」

「いえ、そんなことはかまわないのですが」

氏左衛門がすまなげにする。

「樺山さま、まことに申しわけないのですが、手前は相模について知っていることは一つもございません」

「えっ、そうなのかい」

「はい。なにしろ、代々江戸暮らしでございまして。戦国の頃は相模の武士だったらしいのですが、それがどういうわけか、先祖が江戸に出てきて商売の道に入ったようにございます」

「じゃあ、それからずっと江戸で暮らしているのかい」

さようにございます、と氏左衛門が答えた。

「相模屋という名も先祖がつけたものにございます。相模に地所はございますが、もう何年も行っておりません。ただ、持っているだけにございます」

「その地所は、先祖から受け継いだところなんだね」

さようにございます、とまた氏左衛門がいった。

「どこにあるんだい」

「小田原のほうにございます」

「小田原というと、箱根の麓《ふもと》だね」

はい、と氏左衛門がうなずく。

「広いのかい、その地所は」

「たいしたことはございません。せいぜい十町歩ばかりにございます」

「それはたいしたものだよ」

珠吉も同感という顔をしている。

「いえ、しかし山ですから」

「箱根に近いのかい」

「いえ、小田原の東のほうにございます」

そうかい、と富士太郎はとりあえずいい、話の接《つ》ぎ穂《ほ》を探した。

「馬浮根屋は知っているね」

「はい」

「なじみだったのかい」

「ええ、今でもよくまいりますよ」

「最後に行ったのはいつだい」

氏左衛門が首をひねる。

「半月ほど前でしょうか。取引先と一緒にまいりました」

「馬浮根屋のあるじの箱右衛門とは親しいのかい」

「いえ、さほどでも。味がよくて、いい酒もそろえてあり、値もそこそこ、しかも奉公人がしっかりしつけられていて、店の雰囲気がとてもよいので、よく利用させてもらっているだけにございます」

そういうことかい、と富士太郎はいった。

「馬浮根屋はもうないよ。知らなかったのかい」

氏左衛門がぽかんとする。

「どういうことでございますか」

「言葉通りの意味だよ。店を閉めたんだよ。あるじの箱右衛門も奉公人たちも行方が知れない」

「はあ、さようにございますか」

「行方に心当たりはないかい」

氏左衛門が戸惑う。

「いえ、手前は存じません」

ほかになにかきくべきことがないか、富士太郎は頭をひねったが、思い浮かばなかった。風魔のことに触れてみようかとも考えたが、おそらく知らないだろうと思えた。知っているにしても、とぼけるにちがいない。結果は同じだ。

「すまなかったね。これで終わりだよ」

富士太郎は氏左衛門にいった。

「いえ、たいしたおかまいもいたしませんで、こちらこそ失礼いたしました」

「いや、茶と落雁は最高だったよ」

「落雁は知り合いのところから入れてもらっているのですが、お包みいたしましょうか」

「いや、そこまではいいよ」

富士太郎は立ちあがった。珠吉はすでに立っている。二人で廊下に出て、店側に向かった。土間の沓脱ぎで雪駄《せった》を履き、くぐり戸を抜ける。

「あの、これを」

氏左衛門が紙ひねりを富士太郎の袂《たもと》に落としこもうとした。

「いや、いらないよ」

富士太郎はかぶりを振った。

「しかし――」

「本当にいらないんだよ。おいらはできるだけもらわないようにしているんだ。こういうのは貧しい者にやっておくれ」

　さようにございますか、と氏左衛門が渋々いった。すぐに気づいたように笑みを浮かべる。

「貧しい者に、とおっしゃるなど、樺山さまはおやさしいお方にございますな」

　富士太郎はにっと笑った。

「別にふつうだよ」

　富士太郎は、提灯に手早く火をつけた珠吉をうながして道を歩きはじめた。氏左衛門が路上に出て、いつまでも見送っていた。

「どう思う」

　富士太郎は前を行く珠吉にたずねた。

「あっしには、よくわかりませんねえ。相模屋というのがどういう店なのか。しかし、氏左衛門というあるじは、滅多に見ることができない顔をしていましたね」

「ああ、まったくだよ。目には、まるで高僧のような力があったね」

「あれは、常人ではありませんね。それだけは、はっきりと感じましたよ」

その後、富士太郎は珠吉とともに南町奉行所に戻った。大門をくぐったところで、珠吉と別れた。

「遅くまでご苦労だったね。ゆっくりと休んでおくれよ」

「わかっております。心遣い、痛み入ります。では、旦那、これで。また明日、よろしく願います」

こちらこそね、と富士太郎はいって大門の下にある詰所の出入口に体を入れた。

詰所にはもう誰もいなかった。文机の前に座り、日誌を書いた。それから詰所をあとにして、外に出た。ひんやりとする風が頬に心地よい。

誰か風魔のことについて、詳しい者はいないだろうか。

そんなことを考えながら、富士太郎は八丁堀の屋敷に向かって足を動かし続けた。ここは与力の荒俣土岐之助に会って、助言をもらうのがいいだろうか。土岐之助なら与力として経験が深いし、これまで築きあげてきたさまざまな人脈もあるにちがいない。

できれば土岐之助自身、風魔に詳しければいいのだろうが、それはあまり期待できない。これまで、土岐之助の口から風魔の『ふ』の字も出たことがない。これはやはり、興味もなければ、ほとんどなにも知らないからだろう。

八丁堀に戻ってきた富士太郎は、自分の屋敷ではなく土岐之助の屋敷に足を向けた。不意に智代《ともよ》のことが思いだされた。顔を見たくてならない。とうに夕餉の支度は終え、きっと、今か今かと富士太郎の帰りを待っているにちがいない。いじらしくてならない。早く帰ってやりたい。だが、今はそうはいかない。自分にはやらなければならない仕事がある。今回の大砲騒ぎの片がつけば、しばらくは早めに帰れる日が続きそうな予感がある。

土岐之助はとうに屋敷に帰っていて、心身を休めることに重きを置いている様子だった。寝巻姿で、わずかに酒が香った。

「おくつろぎのところ、お邪魔しまして、まことに申しわけありません」

富士太郎は土岐之助と客間で向き合った。

「いや、そんなことはどうでもよい。こちらこそこんな格好ですまんな。富士太郎、なにかわかったのか」

はい、と答えて富士太郎はこれまでの探索で得たことを、手短に土岐之助に話した。

「ほう、風魔か」

ひと呼吸おいて、土岐之助がいった。

「風魔のこと、ご存じですか」

いや、と土岐之助がかぶりを振る。

「ただ、名をきいたことがあるだけだ。北条家の忍びではないか。江戸の町がひらかれた頃、徳川家にうらみを抱き、盗賊として跳梁跋扈したことは知っておる」

「ほかにご存じのことは」

「いや、ないな」

予期していたことだけに、富士太郎に落胆はない。

「風魔に詳しいお方をご存じですか」

富士太郎は新たな問いを発した。土岐之助が考えこむ。

「そうさな。一人いる。確か、前に風魔のことをちらりと口にしていたような気がする」

「どなたですか」

土岐之助がにやりとする。

「盗賊さ」

ここかな。

独りごちて、富士太郎は足をとめた。手を懐に差しこみ、そこに手紙があることを確かめた。

風に潮のにおいが濃い。富士太郎は深川にいた。加賀《かが》町である。北と東の二方が水路に面している町だ。

目の前に立つのは、一軒家である。暗い。真っ暗である。明かりは灯っていない。もう眠ってしまったのだろうか。

刻限は五つをとうにすぎている。江戸の町人の大半は、すでに眠りの流れに身をまかせている。まわりについている灯りは、煮売り酒屋や料亭の提灯以外では、常夜灯しかなかった。

この家のあるじが盗賊だといっても、もう引退して久しいらしいから、早めの就寝の癖がついたとしても、なんの不思議もない。

「ごめんよ」

富士太郎は控えめな訪いを入れた。

「どなたですかい」

すぐさま応えが返ってきた。起きていてくれた、と富士太郎はほっとした。小声で名乗った。

「八丁堀の旦那……」

明かりが灯される。かすかなきしみを立てて、小さな戸口があいた。男がわずかに顔をのぞかせ、本当に町方役人なのか、確かめる。富士太郎は黒羽織を着ている。

「なりは確かに八丁堀の旦那ですね。十手を見せてもらえますかい」

富士太郎は懐から十手を取りだした。朱房が揺れる。

男がじっと見る。闇に光る鋭い目をしていた。確実に夜を見通せる目だ。この目で盗人として長年、生きてきたのだろう。腕は相当のものだったのではあるまいか。

「ありがとうございます。きれいなもんだ。大事にされていますね」

富士太郎は照れた。

「あまりきれいだと、捕物で使ってないと思われちゃうね」

「もともとふだん持ち歩かれる十手は、捕物用ではござんせんからねえ」

「ほう、よく知っているねえ」

刀などを相手にする捕物などの際、通常の十手では太刀打ちできない。長さが一尺から一尺半ほどしかなく、鉤《かぎ》はついているものの、鍔《つば》がない。

実際の捕物に用いられるのは、二尺以上もの長さがある打ち払い十手というものだ。これだけの長さと鍔があれば、十分に刀と渡り合える。

「それはそうですよ。八丁堀の旦那は、あっしがどういう商売だったか、ご存じでお訪ねになったんでしょ」

男がにかっとした。人なつこい笑みだ。目尻が垂れ、目が細くなって、ずいぶんと愛嬌のある顔になっている。鼻は低く、広がっている。頬はこけ、刃物によるものらしい傷がいくつかあった。厚い下唇にも縦に小さな傷が見えた。歳は四十の半ばから五十代にかけてか。

富士太郎は懐から文を取りだした。

「荒俣さまの紹介だよ。これを読んではしいっておっしゃっていた」

男が文を受けとる。

「これも渡してくれって」

富士太郎は紙ひねりも男の手に預けた。

「ああ、いつもありがてえこって」

紙包みをうやうやしく頭上に掲げる。

「ああ、入ってくだせえ。男一人で、むさ苦しいところですが」

富士太郎は言葉に甘えた。狭い土間の先が四畳半になっている。すぐそばに小さな台所が設けられていた。

富士太郎は奥の六畳間に案内された。隅に行灯が灯されて、鈍い光を放っている。

さっそく、男が文に目を通す。

男が座布団をだし、勧めてきた。

「いや、おいらはけっこうだよ」

「さいですかい。ならば、あっしも」

「いや、おいらに遠慮しないでおくれ。かまわないよ」

「いえ、そういうわけにはいきませんから」

そうかい、と富士太郎はいった。

「しかし、意外といっては失礼だけど、片づいているじゃないか」

「まあ、そうですかね。掃除はきらいなんですけど、できるだけまめにするようにしているんで。やっぱりこういう急なお客があったときに、あわてずにすみますからねえ」

「いい心がけだね」

ありがとうございます、と男が頭を下げる。

「名はきくなって荒俣さまから釘を刺されているんだけど」

富士太郎は声を低くした。

「名のある盗賊なのかい」

男がかぶりを振る。

「名は全然ありません」

「しかし、忍びでもそうらしいけど、名のある忍者は実はたいしたことがない。本当にすごいのは、名を残さなかった忍びだっていうけど、それは盗賊にも当てはまるんじゃないのかい」

男がにんまりとする。

「さあ、どうでしょうかね。少なくとも、あっしは荒俣さまには知られていますから」

「それは、荒俣さまにとっつかまったからかい」

「さあ、どうでしょうかね」

男が同じ言葉を繰り返す。

「それで樺山の旦那、どういうご用件でいらしたんですかい」

「ああ、そうだったね。おまえさんの穿鑿《せんさく》をしている場合じゃなかった」

富士太郎は空咳《からぜき》をした。

「おまえさん、風魔って知っているかい」

男の顔がわずかにゆがんだ。

「ええ、知っていますよ」

富士太郎は男を見つめた。

「生きている風魔に会ったことがあるんじゃないのかい」

男が目を閉じた。ぐっと唇を嚙み締めている。一つ大きな息をついた。

「ええ、ありますよ」

苦いものを吐きだすような口調だ。

「いつどこでだい」

富士太郎は勢いこんだ。男は情けなさそうに下を向いた。

「もし口にしたら、殺すって脅されているんですよ」

「えっ、そうなのかい。風魔にかい」

「ええ」

男が言葉少なに答える。

「いつのことだい」

「だいぶ昔のことですよ。かれこれ十二、三年はたちますね」

「それでも、話してもらえないのかい」

「いや、そんなことはありませんよ。旦那がこうして風魔の話をききに、あっしのもとにやってきたってことは、連中の足元もだいぶぐらついていると考えてもいいんじゃないんですかね」

「その通りだよ。おいらたちはやつらを追っているんだよ」

　男が、頬の傷のところにしわを深く刻んで苦笑する。

「といっても、やっぱり命は惜しい。ぼかして話すことにしますよ」

「仕方ないね。おまえさんを必ず守り通すなんて、大見得は切れないからね」

「旦那は正直なお方ですね」

「正直のほうが楽だからね」

「そりゃそうだ」

　意外に白い歯を見せて、男が笑った。

「麴町《こうじまち》の北のほうの町ですよ」

　麴町の北といえば、番町《ばんちょう》以外、考えられない。書院番、大番、新番などいわゆる番衆が暮らす町である。

「あっしはある夜、忍びこんだんです。武家は盗人に入られても、体面を気にして盗まれたという届けをだしませんし、しかも商家にくらべて警戒がゆるいんです。あっしはそれまでだいぶ稼がせてもらいました。そして、その晩も同じだと思っていたんですよ」

しかし、その屋敷は様子が異なった。塀はふつうの高さで、なんの障りもなく乗り越えることができた。そのとき、なんとなくいやな風のにおいを嗅いだような気がしたが、思い過ごしだろう、とほとんど気にかけなかった。

「しかし、それがまちがいでした。あっしは異様なものを見ちまったんです」

「なにを見たんだい」

「大勢の忍びが稽古をしていたんです」

「それで」

「あっしは不覚にも声を漏らしちまって、気づかれたんです。しくじりましたよ」

「つかまったのかい」

「いえ、なんとかその場を逃れて、その頃使っていた隠れ家に逃げこみました。追っ手はかかっていないように思えたんで、あっしは、さっきのことは忘れよう、見なかったことにしようと酒をかっ食らって寝たんです」

うん、と富士太郎は相づちを打った。

「明け方だったと思うんです。あっしは息苦しさを覚えて、目を覚ましました。そのとき、雨戸の節穴《ふしあな》からかすかに明るみが忍びこんでいるのが見えたから、もう夜が明けようとしていたんですね。あの光景だけは、今もはっきり覚えていますよ」

うん、と富士太郎は再びいった。

「節穴がいきなり視野から消え去りました。顔に布らしいものがかけられたんです。同時に首を絞められました。あっしはじたばたしましたが、相手の力は強く、どうにもなりません。気が遠くなり、ああ、このまま死ぬんだなあ、と思った次の瞬間、息がすっと通りました。あっしは背中を丸めて咳きこみましたよ」

富士太郎は黙って続きを待った。

「耳元にささやく声がきこえました。『よいか、目にしたことはすべて忘れろ。そうすれば命は取らぬ。だがもししゃべったら、そのときは命をいただく。わかったな』と。あっしはがくがくとうなずきました」

その直後、顔の布が取り払われ、自分のまわりに立っている男たちの姿が影となって見えた。六人ほどが忍び装束に身を包み、冷たい目で見おろしていた。

「怖かったですねえ。悲鳴が出そうになったんですけど、怖すぎて声が出ないんですよ。あっしはひたすら震えてましたよ。気づいたら、夜がすっかり明けていて、やつらの姿は消えていました」

男がふう、とため息をついた。富士太郎も息を大きく吐きだした。

「それで、その後、誰にもそのことは話さずにいたんだね」

「荒俣さまには、一緒に飲んだとき、調子に乗って風魔って言葉をちらっと口にしたことがあるんです。風魔っていっただけで、酔いが覚めかけて、あっしはあわてて口を閉ざしたんですけどね」

それだけに、そのときの記憶が強く脳裏に刻まれ、風魔ときいたときにこの男を紹介しようと土岐之助は思い立ったのではあるまいか。

それはいいとして、富士太郎には一つ、疑問がある。

「しかし、どうしてその忍びたちが風魔だってわかったんだい。風魔って名乗ったわけではないんだろう」

「ああ、そのことですかい」

男が唇に湿りをくれる。

「その忍びこんだ旗本屋敷の名ですよ。それとわかる名だったものですから」

「風魔っていう旗本なのかい」

「いえ、そんな旗本はいないでしょうねえ。しかし、『ふうま』とは読まないまでも、そういうふうに読ませる名字はあるじゃないですか」

少し考えたにすぎなかった。

「風間《かざま》だね」

男がにこりとする。

「あっしの口から、そうだとは決していえませんけどね」

そういえば、と富士太郎は思った。風間は風魔に通ずる、となにかで読んだことがある。とにかく、番町《ばんちょう》にある風間という武家が、今回の一件に深く関係しているのは、まずまちがいないのではないか。

富士太郎は、大きな手がかりを手繰《たぐ》り寄せた実感を覚えた。

「ありがとね。助かったよ」

満面に笑みを浮かべていった。

「いえ、いいんですよ。樺山の旦那、お役に立ちましたかい」

「十分すぎるほどだよ」

「そいつはよかった。では、あっしはこれから眠ることにしますよ」

「うん、ゆっくりとやすんでおくれよ」

富士太郎は自らも紙ひねりを取りだし、男に渡そうとした。

「いえ、けっこうです。あっしは覚悟の上で話したんですから」

「しかし」

「本当にいいんですよ。荒俣さまからいただいたので十分ですから」

そうかい、といって富士太郎は紙ひねりを引っこめた。

「すみませんね、お侍が一度だしたものをおさめさせちまって」

「いいんだよ。気にせずともいい」

男が富士太郎をほれぼれと見る。

「樺山の旦那は、物事にこだわらないんですねえ。お若いのに、たいしたものだ。荒俣さまが気に入られているのも、納得ってもんですよ」

男がぺこりと頭を下げる。

「あっしも樺山の旦那のことが、とても好きになりやした。あっしは、銀司《ぎんじ》といいます。よろしくお願いします」

あまりにあっさりと名乗ったので、富士太郎はびっくりした。

ただ、銀司、という名にはきき覚えがあった。

「おまえさん、蝙蝠《こうもり》の異名を取ったあの銀司かい」

なんにでも足からぶら下がることができ、しかもいつまでもぶら下がっていられるといわれた盗賊だ。目の前の男は、身軽で敏捷そうな体軀《たいく》をしていた。

「蝙蝠銀司なんて、ありがたくもねえ名をつけられちまって。ですから、あっしはたいしたことのない盗人なんですよ」

富士太郎はまじまじと銀司を見つめた。

「いったいどれだけの武家や商家に忍びこんだんだい」

銀司が首をひねる。

「あっしにも覚えはありませんねえ」

「一説に、千軒といわれるけど」

銀司が声もなく笑う。

「そりゃさすがに大袈裟だ。あっしはせいぜい二、三百じゃないかって思っているんですけどね」

「それでもすごい。荒俣さまと知り合ったのは、まさかお屋敷に忍びこんで、つかまったからじゃないだろうね」

銀司が、にこりとする。

「そいつはどうでしょうか」

「今は教えてもらえないんだね」

銀司が片目をつぶってから、そっと顎を動かした。

「はい。そのことは後日ということで、お願いします」

第四章

一

今度は逃がさない。

相模屋氏左衛門は、寝床で思った。

必ず将軍を殺す。

隅の行灯に照らされて、天井がじんわりと揺れるように見えている。ときおり、じじ、とろうそくが黒い煙を発し、天井めがけてのぼってゆくのが見える。よいろうそくでない証だ。

よいろうそくは、黒煙などほとんどださない。きれいな小さな炎が徐々に大きくなってゆく。

悪いものは、いきなり大きい炎ではじまり、いやなにおいとともに煙も放つ。たまに、どういう理由なのか、質のよくないろうそくが混じることがある。仕入れの者を叱っておかねば、と思うが、今さらどうでもよいことかもしれない。

ときは迫っている。

氏左衛門は軽く息を吸いこみ、目を閉じた。見慣れた天井がゆっくりと消えてゆく。

今度は、と思った。増上寺のような真似はしない。

必ず殺す。

もっとも、増上寺で殺す気はなかった。殺そうと思えば殺せたかもしれない。

だが、あんなところで殺しても仕方ない。

将軍にはもっとふさわしい舞台で死んでもらう。

必ずやれる。

策はもう後戻りできないところまで進んできた。

この策は、先祖たちから代々引き継いできた念願である。

必ず、なし遂げなければならない。

先ほど樺山という町方役人と別れたばかりだ。

ぼんやりとした顔つきをした同心だったが、あの男がなにかをつかんで、ここに来たというようなことはない。

相模のことをききたいといってきた以上、風魔の糸口でもつかんだのかもしれないが、さほど気にかけることではあるまい。

風魔についてなにか耳にしたとしても、こちらの動きの障りになるようなことでは、まずなかろう。

楽観しすぎているだろうか。

「あなたさま」

女房が呼びかけてきた。

「なんだい、おさよ」

氏左衛門はやさしく返した。

「眠れないのですか」

「うむ」

「先ほど、町方のお役人がいらしていたようですね。それと関係あるのですか」

「いや、なにもない」

「どのようなことをきかれたのでございますか」

「相模のことを知りたいとのことだった」

「相模のどんなことです」

「いや、それがあまりよくわからなかった。箱根のことを知りたがっていたようだが」

「湯治にでも行かれるのでしょうか」

「同心は行けまいな」

「ああ、さようでしょうねえ」

おさよが深い息をついた。

「どうした。ため息なんか漏らして」

「心配なんです」

氏左衛門は寝床から体を起こした。

「なにが」

「最近、店の様子がおかしいような気がしてならないのです」

「どこがおかしい」

「なにかうつろな感じというのでしょうか。あなたさまの、心ここにあらずという感じが、皆の心にも伝わっているのではないか、という気がするのです」

　氏左衛門は衝撃を受けた。

　そんなことは考えたこともなかった。自分ではやる心を抑えつけ、ふだん通りの振る舞いをしていると考えていた。

「まことか」

「はい」

　おさよが涙目になっている。

「あなたさま、今いったいなにをされているのですか」

　氏左衛門は言葉に詰まった。だが、面にはださなかった。

「なにも」

「本当ですか」

「ああ、本当さ」

「私たちに隠して、なにかされているということはないのですね」

「ああ、ない。わしは商売に全力を尽くしているよ」

「さようですか」

おさよが静かに目をとじる。

「なにも案ずることはないよ」

おさよが力なく首を振る。

「今のあなたさまは、どこか遠い人になってしまったみたいです。私の知っているあなたさまではないような……」

「そんなことはない」

氏左衛門は力強くいった。

「わしはまったく変わっていないよ」

「いいえ、お変わりになりました」

おさよが強い口調でいう。

「以前ならこういうとき、やさしく抱き締めてくれたのに、今は……。あなたさまはほかのことに夢中で、私にまで思いが至らないのです」

氏左衛門は腕を伸ばし、抱き締めようとした。

「いえ、けっこうです」

おさよが寝返りを打つように向こうを向いた。

氏左衛門の手はむなしく宙をつかんだ。寝床に静かに体を横たえた。

じっと目を据えて、また天井を見る。

確かに、考えてみれば、どうしてこんなことをしているのか。

妻に娘、母がおり、商売も順調だ。

これ以上ない幸せといってよいのではないか。

その幸せに背を向けて、いったいなにをしているのか。

どうして今なのか。

先祖たちは、代々の念願をうつつのものにすることを夢見てきたが、結局は夢のままで終わってきた。

自分もそれと同じでよいのではないか。

いや、いけない。念願は自分の代でうつつのものにしなければならない。

相模屋の跡取り、すべてはそこにある。

相模を離れ、江戸にやってきて商売をはじめた当初から、これまでずっと相模屋には男の子が生まれ、その子があとを継いできた。奇跡としか思えないが、養子を取ることは一度もなかった。

しかし、自分はちがう。女の子しかいない。相模屋を存続させるためには、婿を迎えるしかない。

だが、血のつながりのない婿に、代々の念願を伝えることなどできはしない。将軍を亡き者にするなど、誰が納得できようか。耳にすれば、恐れおののくだけだろう。

実際、元服《げんぷく》のときに父からきかされたとき、自分も納得しなかった。最初は冗談をいっているのではないか、とすら思ったものだ。

代々伝えられてきたまことのことだと強い口調でいわれたときも、長い時間を乗り越えてそんな宿願《しゅくがん》が伝わってきたことに、ただ驚いただけである。

しかし、馬浮根屋箱右衛門という世襲の名を持つ風魔の頭梁が配下にいることもきかされ、そのすさまじい稽古と剣技、体技を目の当たりにして、先祖は心底から子孫に念願を託したのだ、というのがはっきりと知れた。執念すら覚えた。

とはいえ、そこまで目にしても、まさか自分の代でことを起こすことになるとは思っていなかった。

将軍を殺す。ある日、そのことを思ったら、背筋に戦慄が走った。

男子《だんし》の本懐《ほんかい》これにすぐるべきものなし、という思いにあっさりととらわれてしまったのだ。

なにを馬鹿なことを考えているんだ、と自分を叱るようにいいきかせたが、無駄だった。思いは大きくなってゆくばかりだった。

それからは先祖の念願をうつつのものにすることだけに奔走し、気づいたら、後戻りができないところまで突っ走っていた。

もうやるしかない。

ここでやらなければ、代々受け継がれてきた先祖の宿願は潰《つい》える。

潰えさせたくないなら、自分がやるしかない。

なにしろ、あの榊原式部太夫も始末したのだから。

あの男は、自分が将軍になれると本気で信じていた。

そのことを秘密にしておくことができず、まわりに吹聴しそうになっていた。

なっていた、のではない。小姓相手だが、すでにたびたび口にしていた。小姓たちから外に漏れたらどうするのか、と何度もいさめたが、あの男は聞く耳を持たなかった。

だから、殺すしかなかった。

口の軽さが命取りとなったわけである。

馬鹿な男だ。

だが、遅かれ早かれ、結局は始末される身であったのだから、結果は同じでしかないのだろう。

こたびの策が、しくじりに終わることは考えていない。

とにかく、今は前に進むしかない。

箱右衛門からは、すでに用意万端ととのえたという報が入っている。

箱右衛門がそういうのだから、本当にいつでも取りかかれるのだ。

おさよのため息がきこえた。

眠れないのだ。眠る気もないのかもしれない。

氏左衛門は心で耳をふさいだ。

あとは、と氏左衛門は目を静かに閉じて思った。

すべてをのみこむ強い風を待つだけだ。

二

和四郎の尻の怪我は、たいしたことはなかった。

雑司ヶ谷清土村の番屋に来てもらった登兵衛と田端村の別邸へと引きあげて、医者の手当を受けた。腕のよい若い医者は、すぐに治りますよ、と太鼓判を押してくれた。

和四郎は晒《さら》しを巻いているものの、今も元気よく歩いている。

「たいしたことがなくて、よかったな」

佐之助が和四郎に声をかけた。

「はい、おかげさまで」

和四郎が如才なく答える。

「手前は幼い頃から悪運が強いものでして」

「ほう、そうなのか」

「はい。三間ばかりの高さがある橋の欄干に背中を預けていましたら、どういう拍子か欄干を乗り越えて川に落ちそうになったんです。それがなぜか、足が欄干に引っかかり、助かったんです。ほかにも、これも幼い頃の話ですが、仲間同士で剣術ごっこをしているとき、蜂の大群に襲われたんです。皆が刺されて逃げ惑っているとき、手前一人だけが刺されなかったんです」

「ほう、そいつは確かに運がよいな。ほかにもなにかあるのか」

「はい。暴れ馬に振り落とされたときも傷一つ負わなかったり、川で溺れかけて五町も流されたのに無事だったり、ということもあります。極めつけはこの前でしょう」

和四郎がいたずらっ子のような笑みを見せる。

「二十人からの忍びに襲われて、無事だったことです。あれは湯瀬さまが奮闘なされたからで、手前はなにもしていません。これこそ、手前の運のよさをあらわしていると、倉田さま、お思いになりませんか」

なるほどな、と佐之助がいった。

「しかし、二十人の忍びに襲われて助かったのは、おぬしの運のよさではない。湯瀬の悪運の強さだ」

和四郎がにこりとする。

「そういう見方もありますね」

「なにしろこの男はしぶとい。どうすればあれだけのしぶとさを身につけることができるのか、知りたいくらいだ」

「おぬしも十分すぎるほどしぶといではないか」

佐之助が鼻で笑う。

「俺はしぶといのではない。粘り強いんだ」

「ものはいいようよな」

直之進は快活に笑った。

笑い声が澄んだ青空に吸いこまれてゆく。まさかこの男を相手にこんなに明るい笑みを浮かべる日がやってくるなど、思いもしなかった。

いま直之進たちは昨日と同じく、雑司ヶ谷に向かっている。

やがて道は高田四家村に入った。

真向流道場のすぐそばの寺で、道場主である木下連御斎の葬儀が執り行われていた。どうやら真っ黒に焼けこげた死骸を棺桶におさめ入れているようだ。おびただしい門人が参列している。

直之進たちもその列に並んだ。

葬儀は長々と続いたが、日が傾く頃に終わりを告げた。

それから直之進たちは門人たちに聞き込みをはじめた。

連御斎が殺されてしまった今、ほかに手がなかった。

さすがにいやな顔をされたが、そこは和四郎が粘り強くきいていった。

例の示現流の遣い手の人相を門人たちにていねいに説明してゆく。

すると、一人の古参の門人から、まちがいないのではないかと思える腕の持ち主の話をきくことができた。

その男は和四郎が口にした人相に、ほぼ合致しているとのことだ。

名を香呂須左衛門《こうろすざえもん》といった。

直之進たちは、その門人を近くの茶店に連れていった。

腹が空いていたようで、団子と饅頭を注文すると、うれしそうにがつがつと食べた。そのおかげで、口のほうはさらになめらかになった。

香呂須左衛門という男は、真向流の道場ではそんなに長いあいだ学んではいなかったが、すばらしい素質の持ち主で、入門してきた途端、連御斎は一目で惚れてしまったそうだ。

自らが得た奥義《おうぎ》を惜しげもなくその男に伝えていったという。

「その香呂という男は、何者ですか。侍ですか」

和四郎が、湯飲みを手のひらで包みこんで問う。

「侍は侍だが、浪人だった。生まれたときからの浪人で、いつか得意の剣術で仕官するのを夢見ていたようだ。だから、剣の上達のためには手段を選ばぬところがあった」

なるほど、と和四郎がいった。

「香呂は、禁じられていた他流試合を盛んに行っていた」

「ほう、他流試合ですか」

和四郎がいかにも興味のある顔つきでたずねる。

門人が大きくうなずく。

「だいぶ金に窮していたらしく、最初は真向流の道場にも道場破りでやってきたんだ。それを先生が丸めこんで、うまいこと入門させたんだ。香呂は先生から教えを受けてさらに強くなり、道場破りをしては小金を稼いでいたらしい。そんなことをしていては剣が荒れ、仕官の道など遠ざかるものを、やつは気づかなかった。そのうち、ぷいっと姿を消してそれきりだ」

「それは、いつのことですか」

「かれこれ五年はたつのではないかな。あの男のことを覚えている者も、もうほとんどおらんだろう」

「五年前に姿を消して以来、一度も会っていないのですか」

「ああ、会っておらぬ」

「香呂さまの住みかはどちらですか」

「この近くだったが、とうに越して今はおらぬ。果たして人別送《にんべつおく》りがちゃんとなされているかどうか。わしはやっておらぬような気がするな」

ということは、無宿人だったのだ。公儀にとらえられれば、人足寄場《にんそくよせば》送りになる身だったのである。

これ以上、ききだせることはなさそうで、勘定を払って直之進たちは門人と別れた。代は和四郎がいつものように持った。

香呂須左衛門か、と直之進は思った。かわいそうなことをした。だが、あのときは体が動いてしまっていた。

しかも、二度目の手合わせである。

香呂も直之進の腕のほどを知っていた。自分に死が訪れるかもしれないことは、覚悟していたのではないか。

「おい、湯瀬」

歩を運びつつ佐之助が声をかけてきた。

「どうして道場主は殺されなければならなかったんだ」

直之進は顔を向けた。

「確かに疑問だな。香呂のことは門人にきけば、すぐに露見する。道場主だけが知っている秘密があったのか」

「しかし、それはここではわからんな。調べを進めよう」

「どんな手立てを取られるのですか」

和四郎が、佐之助と直之進を等分に見てたずねる。

佐之助が直之進を見た。きさまがいえ、という顔だ。

「香呂須左衛門が道場破りをしていた道場を、くまなく当たるしかあるまい。そうすれば、なにか得られるものがきっとあるのではないかと思う」

佐之助が満足そうにうなずいている。

ただし、今日はもう日が没している。西の空にかろうじて残照《ざんしょう》があるだけで、だいぶ暗くなってきている。人の顔も見分けがたい。

ちょうど暮れ六つの鐘が鳴りはじめた。大気を穏やかに震わせて、鐘の音がゆっくりと消えてゆく。

翌日、朝早くから香呂須左衛門が道場破りをした道場を探しはじめた。

まずは真向流の道場から近い道場を次々に当たってゆく。

五年前のこととはいえ、道場破りをされたほうはよく覚えていた。師範代や師範の記憶は明瞭だった。

しかし、香呂須左衛門のその後を知っている者は一人もいなかった。

だが、まだほんのいくつかの道場の者に話をきいただけだ。

直之進たちは、さらに目につく道場を当たっていった。

どうやら香呂須左衛門は、虱潰しに道場破りをしていたようだ。

いくつかの道場をまわるうちに、ある道場で、半年ばかり前、香呂須左衛門を目にしたという者がいた。師範代だった。

「まちがいなく、それは香呂須左衛門でしたか」

和四郎が確かめる。別に師範代は気を悪くしたふうでもない。

「あの男のことは、決して忘れられるものではない。なにしろ鬼神のような強さだったゆえな」

「そのとき香呂須左衛門はなにをしていたのです」

「うちの門人と話をしていた」

「どんな話をしていたのですか」

「それはわからん。二人は声をひそめていたゆえな。二人ともあまりいい顔をしていなかった。ゆえに、こちらも身をひそめていた。二人はわしに見られていたことに、気づいてはいないはずだ」

「その門人のお方に話をうかがいたいのですが、こちらにいらっしゃいますか」

いやおらぬ、と師範代がいった。

「とうにやめておる。あれは、五ヶ月ばかり前のことだ」

「門人の住みかはご存じですか」

「ああ、知っているぞ」

師範代は、さる旗本屋敷の家士であると告げた。

「今もその家に奉公しているはずだ」

「なんという旗本屋敷ですか」

和四郎が問いを重ねる。

「風間家だ」

もっともったいぶるかと思ったが、師範代がすんなりと答えた。

「その風間さまのお屋敷は、どこにあるのですか」

師範代は少し間を置いた。思いだそうとしている風情である。

「確か番町だったな。何番町かは知らんのだが、風間という姓はさして多くあるまい」

番町は表三番町だとか、裏四番町だとか、新道二番町だとか、堀端一番町だとか、すべての通りに名がついており、それがそのまま番衆の暮らす住所になっている。

礼をいって直之進たちは師範代と別れた。道を番町に取る。

歩きつつ佐之助が不意に口をひらいた。

「風間というのは風魔に通ずる。湯瀬、和四郎、知っていたか」

和四郎が風魔ときいて、はっとする。

直之進はかぶりを振った。

「いや、初耳だ。そうなのか」

眉間にしわが寄ったのが自分でも知れた。

「つまり、あの忍びどもは風魔だと」

「そうではないかな」

佐之助が自らにいいきかせるような口調でいう。

「風魔といえば、小田原に本城を構えていた北条氏に仕えていたといわれる忍びどもだ。火攻めが得意という話をきいたことがある」

「番町の風間家が風魔の頭領ということか」

「頭領かどうかわからぬが、半年ばかり前、香呂須左衛門を仕事に誘ったのは、疑いようがあるまい」

確かにその通りなのだろう。

声をひそめて話していたのは、きっとこたびの一件に関する仕事だったにちがいない。

香呂須左衛門は道場破りをしていて、その腕を見こまれたのかもしれない。

とにかく、その薩摩示現流を彷彿《ほうふつ》させる腕を見て、使えると風間の家士は直感したのだろう。

次々に道場を当たってきて、すでに小《こ》石川《いしかわ》のあたりまで来ていたから、番町まではそんなに遠くなかった。

直之進たちは神楽坂《かぐらざか》をくだり、牛込御門《うしごめごもん》を抜けた。

この門を入ってしまえば、もうそこはほとんど番町といってよい。

番町には、南側に位置する麴町から大勢の商人がやってきている。

もともと麴町は、番町に暮らす番衆の食材などを給するために町人たちが住み着きはじめ、やがて町として成り立っていったといわれている。

直之進たちはそういう者たちに話をきいてまわった。

場所はすぐに知れた。

だが、すでに風間家は取り潰しの憂き目に遭ったということだ。

「それはつまり、もう誰もいないということですか」

和四郎が、味噌と醬油の入っている樽を荷車に積み、番町の得意先をまわっているらしい三人組の商人にきいた。

今日の大気はからりと乾いているが、その分、陽射しが若干きつく感じられる。

荷車についている者は、汗だくになっていた。

直之進たちもずっと歩いてきて、汗をかなりかいている。

「ええ、そういうことです。なんでも――」

手代らしい男が声をひそめる。

「あるじの右馬助《うまのすけ》さまが公金に手をつけたかどで、お取り潰しになったようですよ」

風間家のあるじは右馬助というのか、と直之進は思った。

「番衆が公金をですか」

「ええ、そうなんですよ。なんでもなにかの御用金に手をつけられたという話をうかがいましたね。それが一気にご老中のお耳に入り、それであっさりとお取り潰しということになったらしいんです」

「それはいつのことです」

「あれは、三、四ヶ月前のことではないかと思うのですが」

佐之助がずいと前に出て、和四郎に肩を並べた。

「その老中というのは誰か、知っているか」

いきなり目つきの鋭い佐之助にきかれて、少し驚いたようだが、手代は、はい、と素直に首を動かした。

「存じています。この前亡くなったばかりの榊原式部太夫さまときいております」

やはりそうか、と佐之助がつぶやく。

「風間さまは今どうされているのですか」

和四郎があらためて手代にきく。

「それが皆目わかりません。奉公していた方々ともども行方は知れません」

さようですか、お屋敷は表四番町ですね、といって和四郎が念を押した。

直之進たちは商人たちに礼をいって再び歩きだした。

三

「やはりそうか、とおっしゃいましたが、倉田さま、その理由をうかがってもよろしいですか」

和四郎が佐之助にきく。

「ああ、たいしたことではない。風間家はわざと取り潰しになったのだろう、ということだ」

「どういうことですか」

「風間家が風魔だとしたら、こたびの一件に深く関わっていることになる。やつらは、はなから姿をくらますつもりだった。取り潰しに遭って姿を消せば、追ってくる者など誰もない。こたびの一件にすべての力を注ぎこむことができる。もっとも、こうして我らのような者が追ってくることは、あるいはとうに織りこみずみだったのかもしれんな。いずれ露見することは覚っていただろう」

表四番町の風間屋敷の跡は、それ以上、人にきかずともわかった。

表門はかたく閉じられている。屋敷内に人けはない。

ここに、おそらく風魔の巣があったのだろうと思うと、忸怩《じくじ》たる思いがわきあがってくる。どうしてもっと早く見つけられなかったのか。

やつらはここで、日夜、無言の行《ぎょう》を行っていたのではあるまいか。

「道場主の木下連御斎どのが殺されたのは――」

直之進は、門の屋根の下に生えはじめているいくつかの草に目をやっていった。

「香呂須左衛門が連御斎どのに、風間屋敷に仕官するとでもいったからではないか」

「考えられなくはないな。自分を見こんでさまざまな技を伝授した連御斎に、香呂が恩義を感じていたとしたら風間家の者から他言無用といわれていたとしても、仕官がかなったことを告げたであろう」

　佐之助が言葉を切る。すぐに続けた。

「しかし、連御斎に話したことがどういうわけか、風間家の者に知れてしまった。だから香呂の死後、連御斎は始末された。もちろん、俺たちが連御斎に近づきつつあることも、風間家の者に知られていたのだろう」

　佐之助が門を見あげる。

「さて湯瀬、どうする。忍びこんでみるか」

「また待ち構えているということは」

「一見なさそうだが、どうかな」

「夜を待ちませんか」

　和四郎が二人にいう。

「和四郎は忍びこみたいのか」

「はい。風魔の巣だったことが知れた今、屋敷がもぬけの殻だとわかっていても、放っておくことはできません。なにも手がかりはないかもしれませんが、やはり調べたく思います」

気持ちはよくわかった。

「うむ、それならば今宵、忍んでみることにしよう」

佐之助にいわれ、和四郎がうれしげな顔を見せた。

「あっ、直之進さん」

そのとき、弾んだ声が横合いからかかった。直之進はさっと顔を向けた。

二人組が急ぎ足で近づいてくる。一人は黒羽織を羽織っている。

「富士太郎さんではないか」

富士太郎が珠吉とともに駆け寄ってきた。息を弾ませている。

「こんなところで会うなんて、直之進さん、奇遇ですねえ」

ああ、と直之進は答えた。抱きつかれ、唇を求められたとき以来だ。

なんとなく顔を合わせづらいが、富士太郎は吹っ切れたのか、なんともない表情をしている。

「直之進さん、どうしてここに」

富士太郎が、そばに佐之助と和四郎がいることに気づく。

眉をひそめた。

「例の大砲の一件で、この男と一緒に動いているんですか」

「そうだ。この和四郎どのが何者か富士太郎さんは知っているな。和四郎どのの上役の登兵衛どのに頼まれて、倉田は俺と一緒に和四郎どのの警護に当たっているんだ」

「つまり、公儀に雇われているということですね」

そういうことだ、と直之進はいった。

「今のところは手だしはしませんが、直之進さん、それがしはこの男を必ずつかまえますよ。何度も煮え湯を飲まされていますから」

珠吉も同じ思いのようだ。目がいつもより鋭くなっている。

「富士太郎さんたちはどうしてここに」

直之進は話題を変えるように口にした。

「それですが」

富士太郎が直之進の顔に口を寄せる。

だが、それは自然な仕草で、いやらしい感じは一切なかった。

富士太郎のなかで、確実になにかが変わりはじめている。

そのことが直之進には、はっきりとわかった。

富士太郎がふだんは縁のない番町までどうして足を運んだか、低い声で語った。

きき終えて、直之進は驚いた。

和四郎は目をみはり、佐之助は顔色を変えなかったものの、わずかに目を見ひらいている。

「この屋敷に入りこんだ盗人が、ここで風魔の鍛錬を目の当たりにしたのか」

「ええ、そういうふうにききました」

富士太郎がさらに話を続ける。馬浮根屋箱右衛門という名が持つ意味を、直之進たちにきかせた。

「『浮』と『馬』で『ふうま』か。『箱』と『根』で箱根か。風魔の本拠は箱根といわれているものな。ふむ、そういうことか。富士太郎さん、よく解いたな。たいしたものだ」

馬浮根屋箱右衛門こそ風魔の首領だったのだ。

とにかく風魔が徳川幕府の治めるこの世をなんとかしようとしている。幕府という大船を転覆させようと画しているのか。

月はない。

昼間は晴れ渡っていたが、日が落ちるのを待っていたかのように、雲の群れが南からやってきて空を覆い尽くした。

江戸の町は、黒漆《くろうるし》を塗りたくったような闇にすっぽりと包まれている。特に、ここ番町は、町が暗い。

通り沿いに立ち並んだ番衆の屋敷は、闇にひっそりとうずくまり、夜の底に沈んでいる。道を行く者は一人もなく、闇のなかを動く者もない。

直之進たちは風間屋敷のそばに立っている。ここまで来るのに、至るところに設けられている辻番所に詰める辻番たちの目をかいくぐってきた。

和四郎はさすがによく道を知っており、頼りになった。

直之進、佐之助、和四郎の三人はふつうの格好だ。

動きやすいという理由から、忍び装束にどこかで着替えるかという話も出たが、それも面倒ということで、いつもの格好でやってきたのだ。

しかし、忍びこむのにはこのままではいけない。

袴をからげ、襷《たすき》がけをした。

屋敷は表四番町通りに面しており、あとの三方は隣の屋敷と塀を接している。

通りから忍びこむしかない。

刻限はもう九つをまわっている。まわりには相変わらず人けはない。

「よし、行くか」

なかの気配を嗅いでいた佐之助がつぶやくような声でいい、さして高さのない塀に手をすっとかけた。

と思う間もなく塀に腹這いになり、向こう側に姿を消した。

そのあとを和四郎が続く。ひらりと空中を飛んだようにしか思えなかった。

あっという間に見えなくなった。

それを見てから、直之進は塀に手をかけ、乗り越えた。

自分もそれなりに身軽で、悪くないと思うが、先の二人を目の当たりにしていると、体に鉛板でも貼りつけているような気がする。

二人は直之進を待っていた。

直之進たちは庭を横切りはじめた。夏のあいだ刈られていなかった草が、腰ほどまで伸びている。雑草の生長は驚くほどはやい。

頭上には鬱蒼と茂った樹木が幾筋もの枝を伸ばし、折り重なった庇《ひさし》のような影をつくっている。

隣家から漏れてきているはずのわずかな明るさもさえぎられ、木の下は闇色を幾重にも敷き詰めたように暗い。草いきれのせいで、息が重くなる。

伸び伸びと育ちすぎた感のある雑草の海を、手でかくようにして直之進たちはひたすら前に進んだ。ざわざわと音が立ち、それが耳に障る。

草にひそんだ忍びがいきなり刀を突きだしてきたら、果たしてよけられるだろうか。

あたりに注意を払いつつ足を前にだしているのだが、忍びらしい気配はまったく感じられない。

もっとも、やつらは腕達者ぞろいだから、こちらに気配を覚らせるようなへまはしないかもしれない。

そんなことを考えていると、不意に樹木が切れた。

正面に、母屋の影が夜空を背景にうっすらと浮かんでいる。雑草の海は母屋のほうまで続いている。

母屋の屋根を越えてにじり寄ってきているのか、かすかな明るさが感じられる。付近の常夜灯か、近所の辻番所が灯している明かりにちがいない。

母屋には、すべて雨戸が閉《た》ててある。玄関も戸《と》で閉ざしてあった。

「どこから入る」

佐之助が和四郎にきく。

「雨戸をはずします」

「できるのか」

和四郎が闇のなかでにっと笑う。

「おまかせください」

わかった、といって佐之助が母屋に歩み寄る。なかの気配を嗅ぎはじめた。

「よし、ここは誰もおらぬ」

小声でいって、和四郎を手招いた。

和四郎が懐から鏨《たがね》らしいものを取りだした。くん、と音をさせて雨戸の下に突き立てる。それを梃子《てこ》のように軽く動かした。

がくん、と雨戸がかしいだ。ほんの一瞬でしかない。手練の技だ。

和四郎が雨戸をはずし、隣の雨戸に立てかける。

むっとするかび臭さが、外に這いだしはじめた。

「よし、行こう」

佐之助がいって、二尺ばかり高くなっている母屋のなかにするりと入りこんだ。和四郎がそのあとに続き、最後はやはり直之進である。

暗さが濃い霧のように、重く這いつくばっていた。ここまで闇が深いと、さすがに明かりがほしくなる。

夜目が利くとはいえ、これでは物の輪郭くらいしかわからない。そのほかは、ただぼうっと見えるだけで、そこになにがあるのか、そうそう見極められるものではない。

和四郎が龕灯《がんどう》のろうそくに火をつけた。

龕灯なら前だけしか灯りが向かない。へまをしなければ、灯火が外に漏れる気づかいはない。

灯り一つで、屋敷内はがらりと変わった。こんなに見えるようになるものなのか、と直之進は思い知らされたような気分だ。今までそこかしこにひそんでいた物の怪《もの　け》が、あっという間に散った感じである。

がらんとして、家財らしいものはなにもない。ものの見事に運び去っている。

手がかりなど決して残さぬという強い決意が感じられた。

それでもあきらめることなく、和四郎が屋敷内を探しはじめた。

風魔の連中がどこに行ったのか、それを示すような手がかりがないか、目を思い切り大きく見ひらいて、さまざまな場所に龕灯を当てている。

直之進も佐之助とともに和四郎の手伝いをした。

だが、手がかりらしいものは一つとして見つからなかった。

半刻ばかりいろいろなところを見てまわったが、ついに和四郎はあきらめた。

「申し訳ありません。手前のわがままでこの屋敷に忍びこませていただきましたが、結局、なにもありませんでした。文字通り、空っぽです。お二人には無駄足を踏ませてしまい、まことに申し訳ありません」

「気にするな」

佐之助が和四郎の肩を叩く。

「探索の仕事は、無駄足の積み重ねではないのか」

「はい、さようです」

「ならば、これだって立派に前に進んだことになろう。気に病む必要はないし、謝ることもない」

和四郎は救われた顔をしている。

「これからも、なにも収穫がなかったからといって、いちいち謝る必要はない」

「はい、ありがとうございます」

佐之助がにこりとする。

「よし、ではこの屋敷はこれまでにしよう。気にかかっていた待ち伏せもなかった。湯瀬、よかったな」

「ああ、まったくだ」

「よし、行こう」

佐之助にうながされ、直之進と和四郎は表四番町通りに面している塀に向かって歩きだした。

和四郎が龕灯を消す。

直之進たちは、再び雑草の海に足を踏み入れた。

この雑草の海のなかに、なにか手がかりとなるものが隠されているようなことはないだろうか。

あるにしても、とても探しだせるものではない。

ざわざわ、さわさわと草が鳴る。往きよりも風が出てきていた。

それでも木々の下に来ると、すぐに弱まった。直之進たち三人は塀に向かって進んでゆく。

忍びらしい気配は感じないが、なんとなく先ほどからいやな思いにとらわれている。塀のほうから発せられているものだ。

「湯瀬、だれかいるぞ」

佐之助が目を光らせる。足をとめることはなく、行く手をにらみつけている。

直之進は和四郎を背後にかばい、歩き進んだ。すでに刀の鯉口を切っている。

「なにがいるんですか」

うしろから和四郎がきいてきた。

「刺客《しかく》の類だな」

直之進はさらりと答えた。佐之助と一緒なら、まずやられまいという自信がある。それが声に出た。

「遣い手でしょうか」

「うん、これまで襲ってきた者どもはいずれもかなりのものだった」

薩摩示現流の遣い手である香呂須左衛門に、水攻めに遭った馬浮根屋の蔵の地下で息絶えた棒術の二人。鎖鎌の男もいた。

今度も、この四人に劣らない遣い手なのではないか。得物は刀だろうか。それとも別のなにかか。

直之進には、楽しみにする余裕がある。佐之助ほどの遣い手と一緒にいると、ここまでゆとりを得られるのだ。

和四郎など、直之進と佐之助という二人に守られている。大船に乗った気分というのは、まさにこういうのをいうのではないか。

いた。塀の手前に人影が立っている。得物は槍のようだ。

いや、ちがう。薙刀《なぎなた》かもしれない。

薙刀というと、大奥の女中が手にしているという思いがある。

だが、直之進たちを待ち構えているのは、紛れもなく男だ。

直之進たちを認めて、静かに寄ってきた。

まったくあわてていない。悟りをひらいた高僧のような悠揚《ゆうよう》迫らぬ足取りだ。

あの余裕はなんなのか。もともと直之進と佐之助の二人が相手とわかって待ち構えていたのだろうが、どうしてここまでゆったりとできるのか。

直之進と佐之助は、薙刀の遣い手と対峙した。

男は別に頭巾などはしていない。顔はだしている。

歳は意外にいっているようだ。五十をすぎているのではないか。

塀の際ということもあって、外の灯りがほのかに降ってきており、顔はよく見える。

目はまん丸で、狸《たぬき》のような愛嬌がある。頬は重い病にかかっているかのようにこけており、肉がそぎ落とされている。顎はがっしりとしているが、骨を砕きそうな力強さは感じられない。耳は大きく張りだしているが、耳たぶは小さく、貧弱だ。

「いざ、勝負」

男がしわがれた声を発した。

「おぬしらにうらみはないが、殺《や》らせていただく」

「自信があるんだな。だが、おぬしでは俺たちに勝てぬ」

佐之助が見くだしたようにいう。

「勝負は時の運よ」

「ちがうな」

佐之助は一顧だにせずいう。

「勝負は勝つ支度《したく》をした者が勝つ。うぬはろくにしておらぬ。余裕があるように見せているが、それはまた別の理由からだな」

佐之助が男をじっと見据える。

「命を捨ててかかっているのは、まちがいないな。そのことからくる余裕か」

男がふっと笑う。枯葉を舞わせる秋風のような、寂しげな色が表情にあらわれた。

すぐに笑みを消した。雪をともなった寒風のような厳しさが顔に宿る。

「行くぞっ」

叫びざま突進してきた。生い茂る草など関係ないといわんばかりの走りだ。

一気に間合に入る。

薙刀が佐之助に向かって上から振りおろされた。

佐之助はうしろに下がってよけた。

薙刀が草を薙ぎ倒した。

すぐに反転し、上に向かって振りあげられた。

それも佐之助はかわした。

そのときには直之進はすでに動きはじめていた。男の背後を狙おうとする。

それに気づいて、薙刀が直之進のほうを向いた。横に振られる。

直之進はうしろに飛びのいたが、薙刀というのは意外に伸びてくるものだというのを初めて知った。

腹をかすめるように刃《やいば》がすぎていった。

しかし、薙刀は動きが大きすぎる。目の前の男は手練で、旋回させるのも素早いが、やはり刀や槍にくらべれば、引き戻すのがだいぶ遅れる。

そこをつけこむのは、さほどむずかしいものではない。

実際に佐之助が見せてくれた。直之進に薙刀が振り払われたのを見逃さず、躍りこんだのだ。

それに気づいた男が薙刀を引き、佐之助に向き直ろうとしたときには遅かった。

佐之助が柄頭を男の顎に叩きつけた。

男の顔が揺れ、膝ががくりとなった。男がたまらず、薙刀を抱きかかえるように草の上に倒れこむ。

顎に衝撃を受けると、ああいうふうに膝から崩れることを、直之進は知っていた。

草をもぎ取らんばかりに男は立ちあがろうとしたが、腕を踏みつけられて動きがぴたりととまった。

顔をあげて、草のあいだから佐之助をにらみつける。

直之進はその顔を見た。

瞳に無念さが浮いていた。目尻からは涙がこぼれはじめている。

佐之助があいた左足で、薙刀を蹴りあげた。あっけないほどたやすく男の腕を離れ、薙刀を草が静かに受けとめた。

「風間に頼まれたか」

佐之助がいうと、知っているのかという顔になった。

「俺たちはなんでも知っている。だから、もう戦う必要などない」

佐之助が男の腕から足をどけた。男がゆっくりと体を起きあがらせ、草の上に座りこんだ。疲れ果てた顔をしている。

「名は」

だが、それには答えず、男がいきなり脇差を引き抜いた。

佐之助がもう一度殴りつけようとしたが、男が脇差を自らの腹に突き立てるほうが早かった。

どん、と音がし、苦悶の色を顔に刻んだ男が前のめりになりそうになる。

だが、なんとかこらえ、崩れそうになる体を支えている。

「なぜそんな真似をする」

佐之助がしゃがみ、男の顔をのぞきこむ。

「義理だ」

血を吐くような声音で男がいう。

「誰に対する義理だ」

男は答えない。

「風間か」

「世話になった」

痛みが去ったわけではなかろう。だが男は静かに言葉を発した。

「風間どのは親身になってくれた。それまで誰も助けてはくれなかった。風間どののおかげで、医者の治療を受けることができた。妻は苦しまずにあの世に逝《ゆ》けた」

男がほんのりと笑みを浮かべた。

「これで、ようやく、一緒に、なれる。長かった……」

「きさま、名は」

男が佐之助を見あげる。顔が朱を塗ったように赤かった。

「近田昭之助《ちかだあきのすけ》」

そう口にした途端、男が我慢できなくなったように突っ伏した。草が顔を覆い隠す。

「ゆづ……」

最後にそれだけをいって、事切れた。

直之進は歩み寄った。和四郎がうしろに続く。

「ゆづ、というのはどういう字を当てるのでしょう」

和四郎が気の毒そうに男を見つめる。

「由津、優津、あるいは優都か」

直之進は男の顔をそっと見やった。

苦しみのなかに安らぎがあるように見えた。これまで長いこと、死を待っていたのではないか。

死は待ち望んでいたものだったのだろう。

「浪人のようだな」

着ているものは粗末だ。ところどころに継《つ》ぎがある。

「風間に恩を受けて、俺たちを殺しに来たか。かわいそうに」

佐之助がつぶやく。

「湯瀬、和四郎、行くか」

ああ、と直之進は答えた。なにかやるせない。

侍というのは哀れだ。この近田昭之助という男の薙刀の腕を見込んで、風間は金を貸し、医者を紹介したのかもしれない。

少なくとも、昭之助は感謝していたのだから、それでよいという見方もできる。だが、昭之助の弱みにつけこんだやり方は、決して許せるものではない。

必ずとらえてやる、という思いを直之進は新たにした。

死骸はそのままにするしかなかった。


登兵衛の待つ別邸に引きあげ、直之進たちは少し眠った。

夜明け頃に起き、腹ごしらえをしてから再び別邸を出た。

直之進たちは、近田昭之助の妻を診た医者を捜すことに決めている。

風間から紹介された医者なら、手がかりとなることを知っているのではないか、という思いからだ。

風魔どもはなにかを企んでいる。それを阻止しなければならない。

直之進たちは気合を入れ直した。

近田昭之助は番町からさして遠くないところに住んでいたのではないか。だから、風間右馬助と知り合うことになった。そういう考えで直之進たちは動いた。

薙刀の名手ということで近田昭之助を捜してみると、意外に早く住みかを見つけることができた。神楽坂の近くの裏店に住んでいたのが知れた。

市谷田町《いちがやたまち》四丁目にある三右衛門店《さんえもんだな》という裏長屋である。

さっそく住人に話をきいた。

「以前は羽振りがよかったんですよ、近田の旦那」

目尻と頬、額に深いしわがある女房が眉をひそめていった。

「どうしてそんなに羽振りがよかったんですか」

和四郎がていねいにきく。

「どうしてって、昔は道場主だったから。百人近い門人を抱えて、そりゃ威勢がよかったんだから」

「この近くで道場をひらいていたのですか」

「ええ、そうよ。牛込白銀町《うしごめしろがねちょう》で道場主をしていたの。薙刀の達人として知られていたけど、山羽《やまば》一刀流という刀のほうの流派の名人でもあったわけよ。やさしくてわかりやすいって評判で、たくさんの人たちが門を叩いたの」

もともと刀も相当やれたのだ。それなのに薙刀を選んだというのは、やはりなから死ぬつもりだったとしか思えない。

直之進は、風間屋敷での悠揚迫らぬ態度を思いだした。

あのときすでに近田昭之助は死を覚悟していたのだろう。

「そんなにはやっていたのに、どうして道場をやめてしまったのですか」

和四郎が問いを続ける。

それがきこえなかったかのように、女房が一番端の店に目を向ける。不安そうな眼差しをしている。

「そういえば、昨日出かけたきり、近田の旦那、帰ってきていないわね。このところなにか思い詰めた様子だったから、妙なこと、考えなきゃいいけど」

思いだしたように、女房が和四郎に目を戻した。

「どうして道場をやめたかというと、優津《ゆづ》さんが病に倒れちまったからなの」

「重い病だったのですか」

「胸を悪くしちまったのよ」

「胸ですか。長引きますね」

「そうなのよ。しかも南蛮のすごく高価な薬が効くっていわれて、近田の旦那、なんとかしようとしたのよ」

女房が悲しげに首を振る。

「それで、道場を売り払ったの。そのお金で南蛮渡りの薬を買ったの。でも、優津さんの病は治らなかった」

それから近田昭之助は優津の病を治すために必死に働いたという。日傭取《ひようとり》りも厭わず、身を粉にして働いて得た金をすべて優津のために注ぎこんだ。

だが、優津の体は衰える一方だった。

「見ていて私らもかわいそうでね。でも、あたしらも貧乏暮らしでさ、自分たちが暮らすので精一杯なのよ。せいぜい近田の旦那の代わりに洗濯や食事の支度してあげるくらいしかできなかったの。そうしたら——」

女房が目を輝かせた。

「近田の旦那と優津さんに手を差し伸べてくれる人が出てきたのさ。もうどうすることもできないとみんなが思っていたときだったから、あれはうれしかったわ」

れっきとした侍だった。名は名乗らなかったが、そこそこの大身の家であるのは身なりから知れたという。

近田昭之助とどういう知り合いなのかも女房たちにはわからなかったが、とにかく長屋の誰もが神のように思った。

「よい医者も紹介してくれたらしいの。優津さん、一時は顔色もよくなった」

しかし、結局は治らず、優津ははかなくなった。それが五ヶ月ほど前のことという。

近田昭之助は悲しんでいたものの、してやれるだけのことはした、と満足そうな顔つきをしていたとのことだ。

もっとも、すぐに優津のもとに行くことを望んでいたともいう。

「その、よい医者というのは、なんというお医者ですか」

和四郎が女房に最後の問いを発した。

「臨申《りんしん》先生よ」

診療所をひらいているのは、小石川の伝通院《でんづういん》の近くだそうだ。

女房に礼をいって、直之進たちは臨申の診療所に向かった。臨申は診療所で患者を診ていた。

ようやく手があいたところを見計らい、風間右馬助のことをきいた。

「ああ、風間どのなら知っていますよ」

助手がいれた茶を喫して、臨申があっさりとうなずく。

目が大きく、鼻が高く、口元が引き締まり、いかにも腕のよい医者という雰囲気をたたえている。

「半年以上も前、ふらりとあらわれ、優津さんの往診を頼まれました」

「風間さまとは、知り合いではなかったのですか」

和四郎が真摯な口調できく。

「ええ、初めてでしたね」

「風間さまがお取り潰しにあったことはご存じですか」

悲しみの色を瞳に宿して、臨申が顎を引く。

「ええ、知っていますよ。公金に手をつけたときききました。今でも信じられない思いで一杯です」

優津が死んでからは、風間とは一度も会っていないという。見かけたこともないとのことだ。

手がかりはここで切れた。


しかし、こんなことでへこたれてはいられない。

再び番町に行き、出入りの商人たちなどに話をきいて、風間右馬助の人相書をつくった。描いたのは、佐之助である。その筆の達者なことに、絵心がまるでない直之進は驚愕した。

佐之助は、馬浮根屋のなじみの者を教えてくれと、直之進と和四郎にいった。

「箱右衛門の顔を見ている者に会いたい」

「箱右衛門の人相書も描くのか」

「あったほうがよかろう」

それはそうだな、と直之進は思った。富士太郎は、気絶させられる前に箱右衛門と話をしたといっていた。だが、今どこにいるのかわからない。

ほかに誰か、箱右衛門と会っている者はいるか。

直之進は琢ノ介のことを思いだし、佐之助と和四郎を連れて千代田屋に向かった。

この店で、琢ノ介はまだ用心棒をつとめているはずだ。溺れて死にそうになったあの男が完全に元気を取り戻したか、少し気にかかっていたから、よい機会だった。

琢ノ介は元気だった。薪割りをしていた。最近では、薪割りが自分の仕事になっていると、うれしそうにいった。

さっそく千代田屋の一人娘であるお世津《せつ》と祖母のおいとに会わせてもらった。

しかし二人は、箱右衛門の人相書を描きたいと申し出たら、困った顔をした。

「私たち、馬浮根屋さんのご主人に会ったことがないんです」

お世津が眉根を寄せながらも、はきはきといった。

「ですから、お役に立てそうもありません」

そうか、と佐之助が少し残念そうに答える。

「ちょっと待て」

薪割りをしていたはずの琢ノ介がいつの間にか座敷にやってきていた。

「馬浮根屋のあるじなら、俺は一度会っているぞ」

「ならば、人相書を描くのに力を貸せるか」

「当たり前よ。命の恩人の頼みだしな」

琢ノ介が自信満々に佐之助に答える。

「よし、描こう」

佐之助が矢立《やたて》を取りだす。和四郎が紙を用意した。

直之進は目をみはった。

「和四郎どの、おぬし、なんでも持っているな」

和四郎が苦笑する。

「なんでもということはありませんが」

佐之助が筆を構えた。

「よし、顔の特徴をきいてゆくから、教えてくれ」

承知した、と琢ノ介がいった。

輪郭からはじまり、目や鼻、口、耳が描かれていった。

四半刻後、鋭い目をし、えらががっちりと張った男の顔があらわれた。

「似ているか」

佐之助が琢ノ介に確かめる。

「そっくりだ」

だが、佐之助は信じていない顔だ。

「本当だぞ。よく似ている」

琢ノ介がいい張る。なおさら佐之助は信用していない。お世津とおいとを見る。お世津がすぐさまいった。

「おりくちゃんなら、馬浮根屋さんによく行っていたみたいだから、ご主人の顔を知っていると思うんです」

「おりくというのは」

佐之助がお世津に問う。

「相模屋さんの娘さんです。私、とても仲よくしてもらっているんです。おばあちゃんのおたけさんが、馬浮根屋さんのなじみなんですよ」

なんなら一緒に行きましょうか、とお世津がいう。

「そいつはありがたいな。まこと、甘えさせてもらってよいか」

佐之助がいうと、お世津がにっこりした。

「お安いご用です」

いやそうな顔をしている琢ノ介とおいとをその場に残し、直之進たちは相模屋に向かった。

お世津が慣れた様子で相模屋の暖簾を払う。直之進たちも続いた。

お世津が、帳面を手に忙しく働いている奉公人を呼びとめ、おりくちゃんに会いたいのですけど、と告げた。

奉公人がお世津を認め、笑顔になる。

「いま伝えてまいりますので、裏にまわっていただけますか」

「わかりました」

お世津がくるりと体をひるがえし、直之進たちに寄ってきた。

「裏口にまいりましょう」

店の脇に小さな口をあけている路地に入りこんだ。

「なにかこの店は妙な雰囲気だな」

佐之助がお世津にきこえないように直之進にささやきかけてきた。

「うむ、俺も感じた」

「廻船問屋ということだが、なにかうつろな空気が漂っているな」

「同感だ。だが、どうしてかな」

「あるじが商売に身を入れていない。それを奉公人たちが敏感に感じ取っているのか」

路地が途切れた。また道に出た。相模屋の裏通りである。表通りほど人通りは多くない。

お世津が裏口の前に立った。とんとんと戸を叩く。

「ここは店だけか」

佐之助が見渡していう。確かに船がつくような河岸はない。

直之進はうなずいた。

「ああ、どこか湊《みなと》のほうに別の店があるんだろう」

裏口の向こうに人が立った。

「お世津ちゃん」

「おりくちゃん、私はここよ」

戸があいた。お世津ちゃん、といって、おりくという娘が抱きついてくる。

「よく来てくれたわね」

おりくが直之進たちに気づく。ちょっとびっくりしたようだ。

「この人たちは」

控えめにきく。

「ちょっとおりくちゃんとおたけさんに頼みたいことがあって、やってきたの」

「なあに」

お世津が用件を話す。

「ああ、馬浮根屋さんのご主人なら、何度も顔を見ているから、大丈夫よ。でも、前に八丁堀のお役人も見えて、いろいろと馬浮根屋さんのことについてきいていったわ。そのこととなにか関係あるの」

「あるみたいなの」

お世津がすまなそうにいう。

「さあ、お世津ちゃん、なかに入って」

おりくが直之進たちも誘う。

「どうぞ、お入りください」

さすがに大店というのは、ちゃんとしたしつけができているものだな、と直之進は感心した。

直之進たちが入ると、戸が静かに閉められた。

庭には木々が一杯で、直之進が知らない花がたくさん咲いていた。その上を数匹の蝶々がたわむれるように舞っている。鳴きかわしつつ鳥たちが樹木のあいだを飛びまわっている。まるで餌の奪い合いをしているかのようなうるささだ。

いかにも平和な光景で、先ほどこの店に対して覚えた妙な感じはなんだったのか、と思えるほどである。

「別に描かずともいいんだ」

佐之助がおりくにいった。

「これが似ているかどうか、見てくれぬか」

懐から先ほど琢ノ介の力添えで描いた人相書を取りだし、おりくに見せる。よろしいですか、と断っておりくが手に取る。途端に顔をしかめる。

「似ておらぬか」

「はい、あまり」

控えめにいったが、似ても似つかないのかもしれない。

「馬浮根屋さんのご主人、いなくなったんですか。人相書で捜すんですか」

「そのつもりだ」

佐之助が深いうなずきを見せる。

「人相書は、おばあちゃんと一緒でもよろしいですか」

「おまえさんがそのほうがいいなら、それでよい」

直之進たちは奥座敷に移った。

おりくの祖母であるおたけが、ちんまりと座っていた。おりくが手短に、直之進たちがやってきたわけを説明する。

「ああ、そういうことかい。だったら、あたしたちが二人で、馬浮根屋さんを思いだしたほうがいいわねえ」

佐之助が矢立を取りだした。失礼します、といって和四郎が畳に紙を敷く。

佐之助が紙の前に腰をおろし、筆を構える。

豚ノ介のときより少し時間はかかったが、人相書はできあがった。

佐之助が、豚ノ介の人相書と描きあげたばかりの人相書を見くらべている。不意につぶやいた。

「あの男、物事を見極める力というのが、恐ろしくないのだろうな」

佐之助が二枚の人相書を手渡す。直之進と和四郎が手にし、目を落とした。

「確かに似ておらぬ。ひどいものだ」

豚ノ介の人相書を手に馬浮根屋箱右衛門を捜していたら、一生、見つからなかっただろう。直之進たちの目の前には、まったく異なる人物が描かれた二枚の人相書があった。

「平川さまには申しわけないですが」

さすがの和四郎もあきれたように息をつく。

「似ても似つかぬとは、こういうのを申すのでしょうね」

直之進は、おりくたちの言を元にして描いた人相書を佐之助に返した。佐之助が鋭い目で直之進を見る。

「そのどうしようもないのはどうする気だ」

「琢ノ介に戻そうかとも思ったが、俺が捨てておく」

そうか、と佐之助がいった。人相書を懐におさめ、お世津とおりく、おたけに丁重に頭を下げる。

「いいんですよ。この歳になってお役に立てることがあるというのは、すごくうれしいことなんですから」

その言葉を笑顔できいて、佐之助がすっくと立ちあがる。

「よし、湯瀬、和四郎、行くか」

直之進と和四郎も、お世津たちに別れを告げた。

四

噂が流れている。

噂は、薩摩が今度は大砲を千代田城に向けて、放とうとしていると告げている。

直之進たちは、薩摩は関係ない、隠れ蓑にされているだけだと判断しているから、こんな噂に惑わされることはなかった。

ただ、江戸の町人たちは薩摩を憎悪の目で見ているようだ。

三田《みた》の島津《しまづ》家の上屋敷は町人たちに取り囲まれ、罵声が発せられたり、石が投げこまれたりしているという。

これは濡衣《ぬれぎぬ》でしかない。島津家にはなんの義理もないが、早く無実の罪を晴らしてやらなければならない。

直之進たちは、馬浮根屋箱右衛門と風間右馬助の人相書を手に、探索を続行した。

しかし、これといって目当てがないままにこの男たちを知らないか、と会う者すべてを虱潰しにしてゆくやり方では、なかなか手がかりを得ることができない。

このままではまずい、と直之進は感じだしていた。

手がかりを得る前に、やつらは動きだすのではないか。今度はいったいなにをやらかそうとしているのか。

「樺太郎だが」

傾いた太陽にちらりと視線を投げて、佐之助が不意にいった。

「富士太郎さんのことか」

「ああ、そうだ。そうか、やつは樺山富士太郎だったな」

別に冗談でなくいったようだ。

「この前、やつはいっていたな。向島の先に、戦国の昔、風魔が拠点としていた砦の跡があると」

「いっていたな。気になるのか」

「気になるというほどのことではないが、ちと行ってみたい」

直之進と和四郎に否《いな》やはなかった。人相書を手にしての探索は手詰まりとなりつつある。むしろここで方向を変えられるのが、ありがたいとさえ感じられた。

向島には名の知れた料亭がたくさんある。

直之進はまだ一度も入ったことがない。一度は行きたいと思っている。今度、おきくと一緒に来ようと心に決めた。

だが、それも、こたびの一件を無事に解決に導いたらの話だろう。

もし公儀の屋台骨を揺るがすような一大事が、馬浮根屋箱右衛門たちによって引き起こされた場合、一流料亭でのんびりと食事など、していられるわけがなかった。

砦跡の一つに行ってみた。場所は富士太郎からだいたいのところをきいていたから、迷うことはなかった。

頂上に立てば、見晴らしがいいかと思ったが、視野をさえぎる木々が深く、ほとんどなにも見えなかった。

「湯瀬、残念そうだな」

「ああ。景色のよいところは昔から大好きなんだ。しかし、戦国の昔の砦跡というのは、なんとなく胸が躍る。俺はあの時代に憬れがある」

「戦場を駆けまわってみたいか」

「ああ。男子として生まれた以上、思う存分戦ってみたい気持ちはあるな。戦のない時代に生まれた者の贅沢な思いだろうが」

「確かにな。戦国の世に生まれた者は、どうしてこんな時代に生まれ合わせたのか、と自らの不幸を呪ったかもしれん。だが、俺も戦場を駆けまわりたい。この一件に首を突っこんでいるのは、そういう気持ちが強いゆえかもしれん」

少し涼しい風に吹かれてから、直之進たちは砦跡のある丘を降りた。

夕暮れが近づきつつあった。真っ赤な太陽が没しようとしている。

「樺太郎によると、馬浮根屋は先祖を偲《しの》んでか、よくこのあたりに姿をあらわしていたそうだな。そのとき、誰とも会わず、一人でまた店に帰っていったのだろうか」

佐之助が橙《だいだいいろ》色の光を、表情にゆったりとまとわせていった。

「倉田、おぬし、黒幕がいるといっていたな」

「うむ。その黒幕と会うためにこのあたりに来ていたということは考えられぬか」

「考えられぬことはないな」

「半信半疑のようだな」

「倉田は、このあたりの料亭で会っていたと思うのか」

「うむ。一流の料亭の者はなんといっても口が堅いし、遊山の者が多いといっても、江戸の町なかとはくらべものにならん。顔を見られる度合も減る。密談するのには、格好の場とは思わぬか」

「確かにな」

「料亭の者には、ここは公儀の御用ということで押し切るしかあるまい。さすれば、堅い口もひらこう」

ここまで来てなんの探索もしないで帰るのでは、遊山に来たのと同じだ。直之進は賛同の意を表した。

「向島にいったいどれだけの料亭や料理屋があるんだ」

直之進は和四郎にただした。

「さあ、手前もよく存じませんが、優に百軒はあるのではありませんか。向島自体、相当広いですし、そのくらいは確実にあるような気がいたします」

百軒という数は決して少なくない。それでも、直之進はやる気に満ちてきた。もっと多くてもいいくらいだ。きっと馬浮根屋箱右衛門は痕跡を残している。それを必ず手中にしてやるのだ。

夜の五つ半近くまで料亭や料理屋をまわったが、馬浮根屋箱右衛門の手がかりを得ることはかなわなかった。

直之進はさすがに疲れを覚えた。徒労とはいわないが、自らの無力を感じている。

だが、まだあきらめる気はない。四つくらいまで灯りをつけ、暖簾をだしているところはいくらでもある。

なおも直之進たちは動き続けた。

ふと、視線を感じたように思った。どこからか。殺気を覚えさせるようなものではなかった。

どちらかといえば、やわらかさすら感じさせた。知り合いか。だが、どこにもこちらを見ているような者はいなかった。

勘ちがいとは思わなかったが、捜そうという気にもならなかった。

気にすることなく、直之進たちは聞き込みを続行した。

そして、ようやく一軒の料亭で、耳寄りな話をきくことができた。それは、あるじや番頭、手代からきかされたものではない。

店は、香隆《こうりゅう》といった。暖簾をぐぐると、すぐに広い土間になっていた。直之進たちの気配を感じ、すぐに丸めた白髪頭の下足番があらわれた。

「申しわけないが、客ではないのです」

いつも通りていねいに和四郎がいった。

「ああ、さようですか」

「ちと人捜しをしていましてね、こちらを見ていただきたいのです」

和四郎が二つの人相書を下足番に手渡す。おや、と表情が動いたような気がした。そのとき、どやどやと帰る三人の客を見送りに、一人の女中が土間に出てきた。

「こちらのお客さまの履物をお願いします」

女中が下足番にいう。うなずいた下足番が人相書を和四郎に返し、客の顔を確かめてから履物を取りに奥に行った。

「いらっしゃいませ」

疲れたような笑顔で女中が直之進たちにいった。

化粧を厚くして若く見せようと努力しているが、やはり無理があり、かなり歳がいっているのが知れる。

「いや、手前どもは客ではないんです」

和四郎が申しわけなさそうにいった。

「ああ、さようですか」

女中が、和四郎の手元に興味深げな目をやる。

お待たせしました、と下足番が戻ってきて、三つの履物を土間にそろえる。

三人の客は、自分の履物がちゃんと置かれたことに感動し、どうしてたくさんの客がいるのに覚えられるのかね、などといいかわしながら外に出てゆく。

客を外まで見送った女中が土間に戻ってきた。

「それは」

和四郎の手元を見てきいた。和四郎が人相書を手渡した。

微妙に表情が動いた。

「おのりさん、まだお客さんはたくさん残っていなさるんだろ。早く行ったほうがいい」

下足番が制する。

おのりという女中は不満そうな顔を一瞬見せたが、ここでいい争いをしてもはじまらないとでも思ったか、思い直したように奥へと去っていった。

和四郎があらためて人相書を下足番に見せた。

「心当たりはありませんか」

「ありません」

佐之助がずいと出た。瞬時、下足番がおびえたような顔になった。

それを見て、佐之助がすっと下がった。下足番がほっとする。

「手前どもは、公儀の御用で動いている者です。本当にこの二人をご存じないのですか」

「知りません」

下足番がこれ以上ないと思えるくらい、はっきりと首を横に振った。

「隠すとためになりませんよ」

下足番が強がる。

「脅しですかい。しかし、老い先短いあっしなんか脅しても、なんにもなりませんよ」

和四郎、と佐之助が呼びかけた。

「引きあげよう」

はい、と和四郎が素直にうなずく。

直之進たちは暖簾を払って外に出た。

「さて、湯瀬、どこで待つか」

「うむ、どこがいいかな」

料亭香隆から漏れだす灯りと、遠くにちらほらと瞬《また》いている灯りだけが、深い闇にわずかに穴をあけているにすぎない。秋の虫が盛大に鳴いている。

直之進はあたりを見渡した。人が出てくるのを待つのに格好な場所はどこにもない。

「どのみち裏口から出てくるのではないか」

佐之助がいい、直之進たちは香隆の裏にまわった。

「そのあたりでいいのではないか」

直之進は、香隆の裏手のちっぽけな小屋を指さした。小屋が建っているのは畑の隅で、百姓衆がなにか用具でも置いてあるのか。

「鍵はかかっておらぬか」

佐之助が和四郎にいう。

和四郎が戸をあけてみせた。

「がらんどうですね」

乾いた土間には、用具などなにも置かれていない。広さは四畳半ほどか。

「ここはつまり、夏の日盛りの時季や雨の日などの昼餉や休憩をとるときに、使われる小屋のようですね」

直之進たちは入りこんだ。和四郎が戸を閉じる。

戸には隙間がいくらでもあり、そこから香隆の裏口が見える。人の出入りを見逃すことはまずないだろう。

四半刻ほど待った。香隆から明かりがすべて消えた。あたりは完全な闇にすっぽりと包まれた。

次々に提灯を灯した女中たちが裏口から出てくる。

直之進たちは目を凝らした。

大勢いる。二十人ではきかないのではないか。

だが、目当てのおのりという女中は見つからない。

直之進は必死に探した。佐之助たちも同様だろう。

ついに店から出る女中の列が途切れた。見逃したかと思ったとき、一人、ぽつんと店を出てきた者がいた。

あれだ。佐之助がつぶやく。

おのりは少し苦労して提灯をつけ、疲れたような歩調でとぼとぼと歩きはじめる。

目の前を行きすぎていった。

すぐに戸をあけずに、直之進たちはしばらく待った。

五間ばかり隔たりができたところで、戸をあけた。

和四郎が提灯に灯を入れる。それから、おのりという女を追った。

「あの、もし」

和四郎が穏やかな声を発した。

おのりがゆっくりと振り返る。少しはおびえた顔になるかと思ったが、逆にわずかに勝ち誇ったような表情がのぞいた。

おのりには、直之進たちが声をかけてくるという確信があったにちがいない。そして、まさに思い通りになったから、勝ち誇ったような顔をしてみせたのだろう。

「手前どもは、別に悪さをしようと思っているんじゃありませんので、ご安心を」

「なにかご用ですか」

おのりが少しとがった声をだす。しかし、これは芝居でしかない。

「はい、先ほどの続きです。これを見ていただきたいんですよ」

和四郎が二枚の人相書を手渡す。おのりが片手で受け取る。

直之進は女の提灯を持ってやった。ありがとうございます、とおのりが腰をくねらせて礼をいう。

「この男を見かけたこと、ありませんか」

「どうしようかしら」

「とは」

「お店からお客のことは決して話さないようにきつくいわれているんですよ。知れたら、くびになっちまうんです」

「男を知っているんですね」

「さあ、どうかしら」

おのりがとぼける。

「あたし、小さな子を抱えているの。亭主は死んじまって、おっかさんが見てくれているんだけど。そのおっかさんも今は病がちなんですよ」

「お足はだしますよ」

「いくら」

「十両ではどうだ」

佐之助がいきなりいった。

「えっ」

おのりが大きく目を見ひらく。

「不足か」

「まさか」

「ならば、文句はないな」

佐之助が懐から財布を取りだし、小判をつかみだした。受け取れ、といってお
のりに手渡した。

おのりは呆然としている。本物かしら、という顔で、鈍く黄金色に光る手のう
ちを見つめている。

「安心しろ。本物だ」

佐之助がおのりにいった。

「これで、人相書の二人のことを話してくれるな」

「はい、承知いたしました」

おのりが、うっとりとした表情で佐之助を見あげる。

和四郎が咳払いした。

おのりが和四郎に目を向けた。

「この二人を知っているんですね」

「一人だけね」

「どちらです」

「こっち」

指さしたのは、馬浮根屋箱右衛門の人相書だった。

「まちがいありませんね」

和四郎が念を押す。

「ええ、ときおり見えるから」

「最後に来たのはいつです」

「ええと、十日ばかり前かしら」

「そのとき、誰かと一緒でしたか」

「ええ、身なりのいい人と」

その人物こそが馬浮根屋箱右衛門を手足として使っている黒幕なのではないか。

「その身なりのよい人が誰か、知っていますか」

「いえ、知らないわ」

それは本当のことのようだ。

「では、その人の人相を覚えていますか」

和四郎が問いを重ねる。

「ええ、覚えているわ。ちょっと変わった人だったし」

おのりがすらすらと人相を述べる。

額がとても広くて、頭のうしろが金槌のように突き出ている。鼻は細いけれどものすごく高い。鼻の高さくらべの大会があれば、一番になるのではないか。

頰は、肉を削いだようにこけている。目は太陽を埋めこんだように輝いている。上下の唇は厚くもなく薄くもなくといったところ。いかにも頭のめぐりのよさそうな男に見えた。歳の頃は四十すぎか。

背はさほど高くない。太ってはおらず、むしろやせ気味だった。

だが、これだけの特徴があるといっても、広い江戸で捜しだすのは相当むずかしい。

香隆にまた来るのであれば、張りこんでもいいが、もう二度と姿を見せないのではないか。そんな気がする。

「その人なら心当たりがありますよ」

突然、闇を震わせて快活な声が響いた。きき覚えのある声だ。

いきなり直之進たちの前に人影があらわれた。おのりが目をみはっている。

濃い闇からするりと抜けだしてきた感じだ。二人いる。

「ああ、七右衛門《しちえもん》さんか。それに伊造《いぞう》」

直之進は肩から力を抜いた。

「ありがとう、もう行っていいよ」

和四郎がおのりにいった。おびえたような顔のおのりが小判をがっちりと握り締め、むしろほっとしたように歩きだす。闇にほっそりとした姿が紛れてゆく。

直之進は、おのりが十分に離れたのを見て取ってから、七右衛門と伊造を佐之助に紹介した。

「ほう、頭領のほうの表の顔は役者で、裏の顔は大目付の手の者か。凄腕なんだな」

「いえ、あまりたいしたことは」

「心当たりがあるといったが」

直之進は水を向けた。七右衛門と伊造が直之進に向き直った。

「その異相としかいいようのない男は、相模屋のあるじ氏左衛門ではないかと」

七右衛門の言葉に、伊造が深く顎を引く。

「相模屋だと。我らはついこのあいだ、行ったばかりだ」

直之進は、店に入ったときに感じた妙な空気を思いだした。あれは、相模屋氏左衛門自身が醸しだすものだったのか。

「七右衛門さん、伊造、だいぶ前から相模屋に目をつけていたのか」

「いいえ、そんなことはありません」

七右衛門があっさりと否定する。

「最も新しい型の大砲を、異国からこの日の本の国に持ちこんだとなれば、抜け荷しかありません。抜け荷の噂があったり、抜け荷をやれるだけの規模を誇っていた廻船問屋を、手前どもはくまなく当たったのです。そのなかに、大店として知られる相模屋も当然あったのです。あの店は、なにしろ二千石船も何艘か所有しているくらいですから」

「二千石船なら、二十九ドイム臼砲の二門くらい、なんということもなく、運んでこられるな」

七右衛門が佐之助に向かってうなずく。

「楽々にございましょう」

「馬浮根屋箱右衛門の黒幕は、相模屋ということでまちがいないな」

佐之助がいいきる。直之進は深くうなずいてみせた。


和四郎が七右衛門の力添えも受けて、相模屋の探索を行った。

気になるのは、ここ最近、あるじの氏左衛門の姿がないということだ。調べに当たっている七右衛門の配下たちも、まったく姿を見ていないという。

二日ばかり和四郎と七右衛門たちが徹底して調べたが、馬浮根屋箱右衛門とつながっているという証拠をつかむことはできなかった。

今のところ、二人を結びつけるのは向島の料亭香隆で二人が親しげに会食していたという、女中のおのりの言だけである。

和四郎はそのことを登兵衛に知らせた。登兵衛がすぐさま上役の勘定奉行の枝《えだ》村伊左衛門《むらいざえもん》にうかがいを立てたところ、間髪をいれず相模屋氏左衛門を引っとらえるように命が出た。

町奉行所の合力も得て、直之進たちは相模屋に踏みこんだ。

しかし、あるじの氏左衛門はやはりいなかった。

もう数日も前から家人たちに一言もいわずに行方をくらましていた。妻のおさよ、母のおたけ、娘のおりく、三人とも氏左衛門の行方を知らなかった。

氏左衛門から目を離したことを、七右衛門が後悔していた。

「しくじりです。怪しい感じはあったんです。それなのに……」

「まだ取り返しはつこう」

いつも明るい七右衛門が、珍しく暗い顔でかぶりを振る。

「いえ、もし間に合わなかったら、いったいなにが起きるのか。手前には見当もつきません」

それは直之進も同じだ。やつらはなにを企み、なにを狙っているのか。

五

町屋の戸ががたがた鳴っている。

今日は、朝方は風などなく、静かなものだったのに、昼をすぎたあたりから急に強くなった。

外は土埃が舞い、道を行く者は裾を押さえている。

特に女たちはそうだ。

舞っているのは土埃だけではない。ざるやたらい、桶、果ては看板などが盛大な音を立てて転がってくる。

荷を引く馬たちも、土埃のせいで歩きにくそうだ。顔を伏せている。

直之進たちも、いろいろな物が飛んでくるなか、それらをいちいち避けて歩いた。

今のところ、どこへという当てはない。ただ、馬浮根屋箱右衛門と風間右馬助の二人の人相書を手に、虱潰しに聞き込んでいるだけだ。

風は乾いている。湿っぽさなどかけらもない。

「こんな日にもし火事が起きたら、大火になりますね」

和四郎が不安げにいう。

「相当、燃え広がろう」

沼里でも一度、大火があった。あのときは五百戸以上が一晩で燃え、あたりは焼け野原となってしまった。

直之進が幼い頃の出来事で、今そのあたりは元のにぎわい以上に殷賑《いんしん》を誇っている。

すでに日は暮れそうになっている。

庇の下や狭い路地などには、暗さが居座りはじめている。じっと滞って動こうとしない。暗さは徐々に濃さを増してゆくようだ。

「そうか」

佐之助が、黒が群青色に取って代わりつつある空を見あげていった。

「そうか、とは」

直之進は問うた。

「やつらの狙いは、やはり上さまなのではないか」

「うむ、それはわかっている。だが、将軍のそばには大勢の家臣が配されている。しかも、千代田城から将軍がお出になることはない」

「狙いはそれではないか」

「将軍を押しこめておくということか」

「そうだ。大砲で上さまのお命が奪えるなどとは、はじめから考えてもいなかった」

佐之助がついに立ちどまった。

「増上寺での一件があった以上、上さまは千代田城を出ることができなくなった。あれは、上さまをお城に閉じこめるための策ではないか」

「閉じこめてどうする」

それよ、と佐之助がいった。

「風魔は火攻めが得意とのことだった。今日のような強い風の日を待っていたのではないか」

「千代田城を火攻めにするというのか」

「そうだ」

直之進は城のほうを見やった。だが、濃くなりつつある闇に包まれて、なにも見ることはできない。

「湯瀬、こうしてはいられぬぞ」

佐之助には確信があるようだ。だっと地面を蹴った。土埃が舞いあがったが、すぐに風がさらっていった。

直之進と和四郎も、佐之助のすぐうしろに続いた。

「俺たちが駆けつけたからといって、城のなかに入れるのか」

直之進は和四郎にきいた。

「いえ、入れないでしょう。警戒は厳重で、それぞれの詰所には見張りの同心たちが目を光らせていますから」

それは風魔の連中にとっても同じだろう。となると、やつらは石垣をよじのぼり、土塁を這いあがり、塀を乗り越えて城内に忍びこもうというのか。

いや、もう忍びこんでいるのか。

直之進たちは千代田城の大手門までたどりついた。門は閉じられている。すでに暮れ六つはすぎていた。

どうやって入ればいいのか。風は相変わらず強く吹きつけてくる。

ごうごうと空が鳴っている。暗い空に浮かぶ雲が、水の流れにのったように北へ北へと運ばれてゆく。

和四郎がどんどんと叩くが、応えはなかった。

あけろっ、と佐之助が叫ぶ。ふだん冷静な男にしては珍しい。

「どうしました」

背後から声が耳に飛びこんできた。

直之進は振り向いた。

いくつかの影が地蔵のように立っている。全部で十人ばかりいる。

先頭にいるのは七右衛門だ。

直之進はどういうことか、七右衛門に手短に語った。

七右衛門がさっと顔色を変える。

「もしそれが本当なら、一大事……」

すぐに決意の色をあらわにした。大手門に向き直る。

「開門っ」

怒鳴った。

「大目付佐波《さば》山鳥《やまと》羽守《ばのかみ》さまの手の者である。開門っ」

小窓があいた。

「まこと佐波山さまの手かっ」

門番の同心が怒鳴るようにきいてきた。

そうきかれることを予期していたようで、七右衛門はすでに懐から鑑札らしいものを取りだしている。それを小窓に突きつけた。

「確かに」

くぐり戸があく。

七右衛門が一番に抜け、直之進たちはそのあとに続いた。

七右衛門の配下たちがついてくる。いずれもふつうの着物姿だが、忍びも同様の技を身につけているのは明らかだ。

伊造もいた。直之進を認めて会釈してきたが、まじめな顔は崩さない。

大事が起こりつつあるのを実感している表情だ。

「上さまはどこだ」

佐之助が七右衛門にきく。

「まだ本丸の表向きにいらっしゃるのではないかと思うのですが」

表向きというのは、表御殿のことである。そのくらいは直之進も耳にしたことがある。

「あるいは中奥にお引き上げになったか」
中奥というのは、初めてきいた。大奥とはむろんちがうのだろう。
単純に考えれば、表向きと大奥のあいだにあるのではないか。
だから、中奥と呼ばれる。
それにしても、いろいろな建物があるものだ。
初めて入る千代田城に、直之進は駆けつつ目をみはっている。
沼里城もたくさんの建物が並んでいるが、ここまでおびただしくはない。
さすがに天下城だけのことはある。
いくつもの番所を、七右衛門が鑑札をだして抜けてゆく。
風はおさまらない。
むしろ強くなっている。
雲は南から次から次にあらわれて、途切れることがない。
「あれは――」
七右衛門が声をあげた。
煙があがっているのが眺められた。

煙の上のほうは風にさらわれてゆく。

煙はもくもくと次から次へと吐きだされている。

煙までまだ距離はだいぶある。

「あれはどのあたりだ」

佐之助が七右衛門にただす。

「本丸なのはまちがいないでしょう」

もしあれが風魔どもの手によって放たれた火だとしたら、やつらはもうすでに将軍の近くまで迫っていることになる。

ほかからも煙があがりはじめた。

いずれも本丸の南からだ。

「風上から火をつけています」

七右衛門が唇を噛んでいった。

火の手があがりはじめた。

城の建物を炎がなめはじめる。

それを見て、直之進たちはさらに足を速めた。

半鐘の音がきこえてきた。

城内の半鐘だけでなく、まわりの町からも響きはじめている。

その音を合図にするように、どん、という響きが全身を打った。腹を下から持ちあげられるような衝撃だ。ここ最近聞き慣れた音である。

大砲だ。まだどこかに用意していたのだ。

いったいどこから。しゅるしゅるという音が空にこだました。

糸を引くように赤い玉が飛来し、本丸にある建物の屋根が吹き飛んだ。

さらに大砲の音が続いた。耳を聾する轟音とともに、ちがう建物が視野から一瞬にして消え去った。

直之進たちは必死に駆け、ついに本丸に入った。

最初にあるのは大広間だ。無人である。

そこを一気に駆け抜けた。

佐之助が抜刀する。

直之進もならった。

「倉田」

直之進は声をかけた。

「やつらは北にいるぞ」

「わかっておる」

佐之助が返してきた。

「大砲の玉から逃れようとされる上さまを待ち伏せしているのだろう」

さすがに佐之助だ。よくわかっている。

「しかし倉田、その前に風魔どもを屠《ほふ》らねばならん」

「それもわかっておる」

佐之助の背中から、また炎が立ちあがっている。

これまで以上に強い熱を放っていた。そばにいると、やけどするのではないか、と思えるほどだ。

建物のなかに煙が充満している。

松の廊下を通った。

白書院に入る。

夜番の書院番や大番、新番、小姓衆が右往左往していた。

誰もがなにをしたらよいのか、わかっていない。二発の大砲の玉で、またもこのざまだ。

そのさまは、増上寺での醜態を思い起こさせた。それこそ半間に一人ほどの割で将軍警固の人数が割《さ》かれていたはずだが、それがなんの役にも立っていない。無人も同然だ。

「上さまを守れ」

佐之助が怒鳴る。

だが、それで旗本たちが将軍のもとに駆けつけるわけではない。

直之進たちは旗本たちのあいだを走った。旗本たちが無様によろける。

佐之助が舌打ちする。あまりのだらしなさに、我慢がならないという顔だ。

しかし、ここは走り続けるしかない。

ますます煙が濃くなってきた。

そこかしこから悲鳴がきこえてきた。

女のものが多い。大奥からきこえてきているのかもしれない。

不意に建物が途切れ、外に出た。新鮮な大気が胸に入りこむ。咳が出そうになった。
そこは玉砂利が敷いてある庭だ。
駆け抜けた。
直之進たちが突っこんだのは、黒書院である。
そこにも煙がたっぷりと入りこんでいた。
将軍の姿はない。
黒書院には人っ子一人いなかった。
ここをすぎると中奥なのではないか。
なぜかそんな気がした。
直之進たちはさらに突き進んだ。
また庭に出た。
ここにも玉砂利が敷いてあった。
かなり広い庭だ。三百坪は優にあるのではないか。
あっという間に突っ切った。
「あれは御《ご》休憩間《きゅうけいのま》だ」

正面の建物を佐之助が指さす。

「あそこにおられるかもしれぬ」

だが、御休憩間に飛びこもうとした直之進たちは、いきなり立ちあがった炎に邪魔された。

建物をまわりこむしかなかった。

だが、そこは高い塀になっている。

和四郎がひらりと飛んだ。

佐之助も同様だ。

七右衛門は宙を駆け抜けた感じだ。

直之進だけはそんな真似ができない。

跳びあがり、塀に手をかけた。

不意に楽に体が持ちあがった。

伊造だった。手を貸してくれている。

「すまぬ」

「いえ、恩返しですよ」

直之進は御休憩間の横に降り立った。
すでに御休憩間は燃えはじめている。
御休憩間は、短い渡り廊下で別の建物とつながっている。
「あれは御座之間です」
伊造が教えてくれた。
「ふだんは政務を終えられたら、こちらにおわすのですが」
もうとっくに逃れているにちがいなかった。
渡り廊下を炎が伝ってゆく。
炎の腕が御座之間にかかる。
建具が火を吐きはじめた。
直之進たちは走りだした。
伊造によると、まだ中奥の東側は燃えていないそうだ。
直之進たちはそちらに向かった。
伊造も名を知らない建物に入った途端、いくつもの影が目の前に躍った。
風魔どもだ。

将軍を助けに来る者を、ここで食いとめる役割の者たちだ。そういう役目の者がいることは、予期していたことだ。

すでに佐之助は戦っていた。

いや、戦っているというようなものではなかった。

佐之助が刀を一閃させるたびに、風魔の死骸が一つできあがる。怒りが佐之助の動きをなめらかなものにしているようだ。頭は冷静なのだろう。

直之進もここは容赦なく殺していった。

だが、佐之助の働きには遠く及ばない。

佐之助は大槌で杭を打つかのようにぐいぐいと突き進んでいる。

風魔の誰もとめられない。

佐之助が通りすぎたところに、累々《るいるい》と死骸が横たわっている。

血だまりがいくつもでき、畳や床板を汚している。

佐之助の突進はなおもとまらない。

次々にあらわれる風魔どもを、刀を薙ぎ、払い、振りおろし、振りあげ、突いて殺してゆく。

直之進は佐之助の斜めうしろにつき、背後から襲ってくる者だけに気を配った。
いったい佐之助は何人の風魔を倒しただろう。
佐之助の刀はぼろぼろになっている。
刃こぼれもひどい。
血がべったりと刀身についている。
すでに佐之助は風魔を斬ろうとしていない。
斬ろうとしてもあの刀では無理だ。
風魔どもを刀で叩き殺していた。
斬撃の勢いと強さが尋常ではないから、ああいう真似ができるのだ。
いったいいくつの部屋を通りすぎたか。
千代田城内はあきれるほど広い。
それでも、ついに将軍の姿を見つけた。厚い家臣の輪ができている。
だが、家臣たちはその数を確実に減らしていた。
ここはなんというところなのか。

ずいぶんと狭い。

それでも十五畳ばかりはあろうか。

しかし、将軍の間としては似つかわしくない。

おぼろげに聞いたことがある気がする。確かここは、小御座敷と呼ばれる場所ではないか。

将軍がくつろぐところだ。

だが、今や追いつめられている。

家臣が風魔どもの餌食になっている。まだ家臣は相当残ってはいるが、このままではいずれ全滅だ。

全滅したら、将軍の命はない。

暴れまわっている風魔どものまんなかに大男がいた。

明らかに風魔どもを指揮している。

馬浮根屋箱右衛門だろう。

その横に別の男が並んで、戦いぶりを眺めている。

頭のうしろが突き出ている。

相模屋氏左衛門ではないか。

「うぬらっ」

吠えて佐之助が躍りかかってゆく。

箱右衛門が振り向く。

忍び頭巾をしている。

目がぎろりと動いた。

むっと厳しい目つきになった。

刀を引き抜き、佐之助を迎え撃つ。

佐之助は箱右衛門の斬撃をくぐり抜けた。

胴に刀を振る。

佐之助の刀をひらりとよけ、うしろに跳びざま箱右衛門が棒手裏剣《ぼうしゅりけん》を飛ばしてきた。

佐之助は軽々と刀で弾いた。

驚いたことに、勢いを失い、目の前でくるりとまわった棒手裏剣を、佐之助が手でばしっとつかんだ。

それを投げつける。
箱右衛門が刀で払った。
棒手裏剣が横に飛んでゆく。
佐之助が畳を蹴る。
間合に箱右衛門を入れるや、上段から刀を振りおろす。
箱右衛門が佐之助の刀を打ち返した。
姿勢を低くして佐之助が逆胴を狙う。
箱右衛門がこれも刀で払った。
箱右衛門は明らかに受け身になっている。
佐之助が放った棒手裏剣がきいているのだ。
佐之助が袈裟懸けに振りおろした。
これも箱右衛門は弾き返した。
佐之助がさらに攻勢を続ける。刀が速さを増していた。
箱右衛門から余裕がなくなっている。
刀が徐々に間に合わなくなっている。

佐之助の刀はさらに速くなっていった。

箱右衛門の顔は忍び頭巾でうかがえないが、顔色をなくしているのは明白だ。

箱右衛門はもう体にいくつもの傷をつくっている。

佐之助の刀がろくに斬れないから、致命傷にならないだけだ。

うおー。

箱右衛門が雄叫びをあげた。

このままではいずれやられるのを覚り、反撃に出ようとしている。

だが、体の動きがその分、大きくなった。

隙ができた。

そこを佐之助は見逃さなかった。

刀を横に振り、箱右衛門の体勢が崩れたところで、脇差を抜いたのだ。

それを箱右衛門の胸に突き立てた。

どん、という音が直之進の耳に届いた。

箱右衛門の目が大きく見ひらかれる。

信じられぬ、といっていた。

佐之助がさらに押し込んでから、脇差を抜いた。

おびただしい血しぶきが噴きあがる。

どうと地響きのような音を立てて、箱右衛門が倒れこむ。あっという間に血だまりができた。

一段と濃く鉄気くささが漂う。

脇差は箱右衛門の心の臓を正確に突き刺していた。

もはや箱右衛門は息をしていなかった。

鋭い目の光も失われていた。

直之進は風魔どもと刃を交えつつ、常に佐之助の戦いぶりを横目に入れていた。

すさまじかった。

さすがに佐之助としかいいようがなかった。

「おのれっ」

叫びざま、直之進に斬りかかってきた者がいた。忍びではない。侍だ。

この男は、と斬撃をかわしつつ直之進は思った。風間右馬助ではないか。

さすがに風魔の血を引いているだけのことはあり、手練だ。だが、直之進の敵ではない。二合、三合、と打ち合ううちに、直之進のほうがあっさりと優位に立った。

右馬助が棒手裏剣を放ってきた。

直之進は刀で打ち払った。目の前でくるりとまわった棒手裏剣を、佐之助同様、ばしっと手にし、それを右馬助に投げつけた。

よけようとしたが、遅かった。どん、と音を立て、右馬助の胸に突き刺さった。

右馬助が膝から畳に倒れこむ。もはやぴくりとも動かない。

これで戦いは終息を告げた。

気付くと、まわりは静かになっていた。呆然としていた旗本たちに血の気が戻りつつある。

ここまで火はやってこなかった。

煙が少し侵入してきているだけである。

直之進が気づくと、氏左衛門の姿がなかった。

いちはやく逃げたらしい。

なんと逃げ足の速いことか。

風魔忍びはすべて倒れていた。

生きている者は、一人としていない。

将軍は無事だった。

将軍の瞳が佐之助だけをとらえている。

命を救われた感謝の思いよりも、なんとすごい男がこの世にいるものか、といいたげな驚愕の色があらわれていた。

ほっとしたのも束の間、いきなり、どんと大砲の音がした。

しゅるしゅると空を裂くように玉が近づいてきた。さらに音が大きくなる。近い。直之進が感じた瞬間、頭上で瓦が割れ、木が砕ける音がした。

天井が崩れ、板や材木が降ってきた。畳に大穴があいた。

同時に轟音が響き渡り、浮きあがった畳を吹き飛ばした。

猛烈な熱風が吹きすぎる。直之進はその直前、和四郎とともに伏せていた。もうもうたる煙が立ちこめ、視野がきかない。しばらくじっとしているしかなかった。

将軍はどうしたのか。安否が気になったが、どうすることもできない。

ぱちぱちと音がする。奇跡のように吹き飛ばされずにある建具が燃えはじめていた。

柱が倒れかけ、梁が落ちていた。すぐそばの庭が見通せるようになっていた。

風が抜け、煙が外に出てゆく。

佐之助が誰かにおおいかぶさっているのが見えた。気づいたように素早くどく。

その下にいたのは笑みを浮かべた将軍だった。

六

息も絶え絶えだ。

よくぞ城を逃れられたものだと思う。

氏左衛門はへとへとになって、母屋のなかに入りこんだ。

よろけるように廊下を進み、奥の客間までやってきた。

床《とこ》の間《ま》を見つめた。

一輪挿しの壺が置かれている。花は生《い》けられていない。

生けておけばよかったな、と氏左衛門は後悔した。最期のときまで目を楽しませてくれたのに。

氏左衛門は一輪挿しの壺を取りあげた。これは、もし榊原式部太夫を殺し損ねた際のからくりである。

一輪挿しの壺をくるりと回転させ、所定の場所に置く。これで、自分たちが上《かみ》座《ざ》に腰をおろしても、火薬が爆発することはない。上座の下に、この別邸を吹き飛ばすほどの大量の火薬が仕掛けられているが、一輪挿しの壺をまわすことで、それに錠がかかる仕組みになっているのだ。

もし自分が先に死に、榊原式部太夫がこの屋敷を所有することがあれば、それは榊原式部太夫にしてやられたときだ。ほとんど考えられることではなかったが、万が一ということもある。

徳川将軍家の居城である千代田城を落城させる。

そのことが天下に代替わりを伝える最良の手立てだった。

将軍が住まう城を正面から攻め立て、陥落させることが肝心だった。

常に将軍は千代田城にいるようなものだ。ほとんど出かけることはない。

だが、それでも押しこめておく必要があった。あつらえ向きの強風の日にいないというのでは困る。

だが、目論見はうまくいきかけて挫折した。

箱右衛門が殺しそこねた倉田佐之助と湯瀬直之進。

あの二人のせいだ。

特に倉田佐之助。

鬼神のような強さだった。

あの男に、箱右衛門と配下たちは全滅させられたといっていい。

まさかこの世にあんなに強い男がいるとは。

いったい何者なのか。

この策を実行する前に、もっとよく調べておくべきだった。

だが、今さらなにをいったところで詮ないことだ。

風魔たちが火を放ったのを合図に千代田城に撃ちこまれた三発の大砲の玉は、番町の風間屋敷に据えつけられていたものだ。

あれは深く生い茂った草むらのなかにひそかに隠されていたのだ。放ったのはもちろん、風魔の者たちである。

そろそろだろうか。

疲れた。

早くしてほしい。

やつらが乗りこんでくる。

そのとき爆破するつもりでいる。

道連れにするのだ。

いや、もうどうでもよい。

下手にときを長引かせるのもどうかと思う。

死を逸するわけにはいかないのだ。

息をついた。

妻のおさよや母のおたけ、娘のおりくの顔が浮かんできた。

わしは馬鹿なことをしたのか。

そうかもしれない。

身のほど知らずだったか。

やはり皆との平穏な暮らしを選ぶべきだったのか。

氏左衛門は、江戸幕府を倒し、関東に北条政権を打ち立てるつもりだった。

これが先祖から代々伝えられてきた宿願である。

天下を望んだわけではない。将軍を千代田城で殺せば、幕府の権威は地に堕ちる。このくらいなら十分にやれるという成算があった。

氏左衛門の家は、戦国の頃の小田原北条家の血を引いている。直系ということだ。

しかし、それも終わりだ。

一輪挿しの壺を回転させることなく、元の場所に置く。氏左衛門は座布団の上に座りこんだ。

直之進たちは深川にある相模屋の別邸の門前にやってきた。

門を押し破ろうとしたとき、いきなり火柱があがり、母屋の屋根が粉々に吹っ飛んだ。

直之進たちは伏せた。

熱風が頭上を通りすぎる。ばらばらと土くれや木っ端《こぱ》が降ってきた。

いったいなにが起きたのか。

氏左衛門が自裁したのではないか。

母屋は、大仏に踏み潰されたかのようにぺしゃんこになった。入道雲を思わせる黒煙が、もくもくと天を目指して這いのぼってゆく。

これですべて終わったのか。

炎に包まれつつある母屋の残骸を見つめ、直之進は思った。

七

晴れて自由の身。

そのことを佐之助は実感した。

もはや町方につかまることはない。
もともとおびえてはいなかったが、やはり気分がちがう。
なにしろ将軍直々に、これまでの罪をすべて許すといわれたのだ。
町方は手だしができない。
もちろんあの樺太郎もだ。
このことをきいたら、千勢とお咲希はどんな顔をするだろうか。
佐之助の足は自然に弾んだ。
音羽町四丁目に入った。
目指すのは、甚《じん》右《え》衛門店《もんだな》だ。
長屋の木戸が見えてきた。
佐之助は、はやる気を制して、ことさらゆっくりと入りこんだ。
店の前に千勢とお咲希が立っていた。
二人は佐之助を見ると、待ちかねたように駆け寄ってきた。
その姿を見て、佐之助は胸が一杯になった。
二人が佐之助にぶつかってきた。

佐之助は二人を抱き締めた。
知らず涙が出ていた。
涙が出るなど、信じられなかった。
もうとっくに枯れたと思っていた。
これも人らしさを取り戻しつつあるからだろう。
風魔忍びを数限りなく殺したが、あれも人に戻るための試練だったにちがいない。
佐之助は二人を抱き締め続けた。
あたたかなものが佐之助の着物を濡らす。
俺はこれから、と佐之助は思った。
この二人を守って生きてゆく。
ようやく人生の目標ができた。
佐之助の目から、おびただしい涙があふれている。
当分、とまることはなさそうだった。

この作品は双葉文庫のために書き下ろされました。

双葉文庫

す-08-17

口入屋用心棒《くちいれやようじんぼう》

火《ひ》走《ばし》りの城《しろ》

2010年9月19日　第1刷発行
2023年2月 7日　第5刷発行

【著者】
鈴木英治《すずきえいじ》

【発行者】
箕浦克史
【発行所】
株式会社双葉社
〒162-8540 東京都新宿区東五軒町3番28号
［電話］03-5261-4818(営業部)　03-5261-4868(編集部)
www.futabasha.co.jp（双葉社の書籍・コミックが買えます）
【印刷所】
株式会社新藤慶昌堂
【製本所】
株式会社若林製本工場
【カバー印刷】
株式会社久栄社
【フォーマット・デザイン】
日下潤一

ISBN978-4-575-66462-1 C0193
Printed in Japan

秋山香乃
からくり文左　江戸夢奇談
風冴ゆる
長編時代小説〈書き下ろし〉
入れ歯職人の桜屋文左は、からくり師としても類まれな才能を持つ。その文左が、八百八町を震撼させる難事件に直面する。シリーズ第一弾。

秋山香乃
からくり文左　江戸夢奇談
黄昏に泣く
長編時代小説〈書き下ろし〉
文左の剣術の師にあたる徳兵衛が失踪した日の夕刻、文左と同じ町内に住む大工が、酷い姿で堀に浮かぶ。シリーズ第二弾。

秋山香乃
伊庭八郎幕末異聞
未熟者
長編時代小説〈書き下ろし〉
心形刀流の若き天才剣士・伊庭八郎が仕合に臨んだ相手は、古今無双の剣士・山岡鉄太郎だった。山岡の〝鉄砲突き〟を八郎は破れるのか。

秋山香乃
伊庭八郎幕末異聞
士道の値《あたい》
長編時代小説〈書き下ろし〉
江戸の町を震撼させる連続辻斬り事件が起きた。伊庭道場の若き天才剣士・伊庭八郎が、事件の探索に乗り出す。好評シリーズ第二弾。

秋山香乃
伊庭八郎幕末異聞
櫓《ろ》のない舟
長編時代小説〈書き下ろし〉
サダから六所宮のお守りが欲しいと頼まれ、府中まで出かけた伊庭八郎。そこで待ち受けていたものは……!?　好評シリーズ第三弾。

芦川淳一
剣四郎影働き
盗人《ぬすっと》旗本
長編時代小説〈書き下ろし〉
五歳で記憶をなくし、盗人一味に拾われた直参旗本の四男坊・如月剣四郎。育ての親が惨殺される現場を目撃したのを機に人生が一変する。

池波正太郎
熊田十兵衛の仇討ち
時代小説短編集
熊田十兵衛は父を闇討ちした山口小助を追って仇討ちの旅に出たが、苦難の旅の末に……。表題作ほか十一編の珠玉の短編を収録。

池波正太郎　**元禄一刀流**　時代小説短編集〈初文庫化〉

相戦うことになった道場仲間、一学と孫太夫の運命を描く表題作など、文庫未収録作品七編を収録。細谷正充編。

今井絵美子　すこくろ幽斎診療記　**寒さ橋**　時代小説〈書き下ろし〉

ぶっきらぼうで大酒飲みだが滅法腕の立つ町医者杉下幽斎。弱者の病と心の恢復を願い、今日も江戸の街を奔走する。シリーズ第一弾。

今井絵美子　すこくろ幽斎診療記　**梅雨《つゆ》の雷《らい》**　時代小説〈書き下ろし〉

藪入りからいっこうに戻らない幽々庵のお端下・おつゆを心配した杉下幽斎は、下男の福助を使いにやるが……。好評シリーズ第二弾。

風野真知雄　若さま同心　徳川竜之助　**消えた十手**　長編時代小説〈書き下ろし〉

市井の人々に接し、磨いた剣の腕で悪を懲らしめたい……。田安徳川家の十一男・徳川竜之助が定町回り同心見習いへ。シリーズ第一弾。

風野真知雄　若さま同心　徳川竜之助　**風鳴《ふうめい》の剣**　長編時代小説〈書き下ろし〉

見習い同心の徳川竜之助は、湯屋で起きた老人殺しの下手人を追っていた。そんな最中、竜之助の命を狙う刺客が現れ……。シリーズ第二弾。

風野真知雄　若さま同心　徳川竜之助　**空飛ぶ岩**　長編時代小説〈書き下ろし〉

次々と江戸で起こる怪事件。事件解決のため、日々奔走する徳川竜之助だったが、新陰流の正統をめぐって柳生の里の刺客が襲いかかる。

風野真知雄　若さま同心　徳川竜之助　**陽炎の刃《やいば》**　長編時代小説〈書き下ろし〉

犬の辻斬り事件解決のため奔走する同心、徳川竜之助を凄まじい殺気が襲う。肥前新陰流の刺客が動き出したのか……？　大好評シリーズ第四弾。

風野真知雄
若さま同心　徳川竜之助
秘剣封印
長編時代小説〈書き下ろし〉
スリの大親分さびぬきのお寅は、ある大店の主の死に不審なものを感じ、見習い同心の徳川竜之助に探索を依頼するが……。大好評シリーズ第五弾。

風野真知雄
若さま同心　徳川竜之助
飛燕《つばくろ》十手
長編時代小説〈書き下ろし〉
江戸の一石橋で雪駄強盗事件が続発した。履き古された雪駄を、なぜ奪っていくのか？　竜之助が事件の謎を追う！　大好評シリーズ第六弾。

風野真知雄
若さま同心　徳川竜之助
卑怯三刀流
長編時代小説〈書き下ろし〉
品川で起きた口入れ屋の若旦那殺害事件を追う竜之助。その竜之助を付け狙う北辰一刀流の遣い手が現れた。大好評シリーズ第七弾。

風野真知雄
若さま同心　徳川竜之助
幽霊剣士
長編時代小説〈書き下ろし〉
蛇と牛に追い詰められ、橋の欄干で首を吊る怪事件が勃発。謎に迫る竜之助の前に、刀を持たずに相手を斬る〝幽霊剣士〟が立ちはだかる。

風野真知雄
若さま同心　徳川竜之助
弥勒《みろく》の手
長編時代小説〈書き下ろし〉
難事件解決に奔走する徳川竜之助に、「人斬り半次郎」と異名をとる薩摩示現流の遣い手中村半次郎が襲いかかる。大好評シリーズ第九弾。

風野真知雄
若さま同心　徳川竜之助
風神雷神
長編時代小説〈書き下ろし〉
左手を斬り落とされた徳川竜之助は、さびぬきのお寅の家で治療に専念していた。それでも、持ち込まれる難事件に横臥したまま挑む。

風野真知雄
若さま同心　徳川竜之助
片手斬り
長編時代小説〈書き下ろし〉
竜之助の宿敵柳生全九郎が何者かに斬殺され、示現流の達人中村半次郎も京都へ戻る。左手の自由を失った竜之助の前に、新たな刺客が!?

倉阪鬼一郎
火盗改 香坂主税
影斬り
長編時代小説
〈書き下ろし〉
「民に代わりて仇を討つ！」卓越した武芸と推理力を持つ香坂主税が、辻斬り、神隠しなどの謎を解き、悪を成敗していく。シリーズ第一弾。

倉阪鬼一郎
火盗改 香坂主税
風斬り
長編時代小説
〈書き下ろし〉
香坂主税が設置した「注進箱」のお陰で悪人が成敗されるようになった。だが同時に、香坂の存在を疎ましく思う者たちの暗躍も始まる。

倉阪鬼一郎
火盗改 香坂主税
花斬り
長編時代小説
〈書き下ろし〉
女ばかりを狙う辻斬りが現れた。自らを「花斬り」と称して挑み状を送りつけてくる凶賊に、香坂の正義の刀が振り下ろされる！

佐伯泰英
居眠り磐音《いわね》 江戸双紙 34
尾張ノ夏
長編時代小説
〈書き下ろし〉
名古屋城下に仮住まいをはじめた磐音とおこん。呉服問屋に立ち寄った折、家康公所縁の陣羽織を巡る騒動に巻き込まれる。シリーズ第三十四弾。

佐伯泰英 著・監修
「居眠り磐音《いわね》 江戸双紙」読本
ガイドブック
〈文庫オリジナル〉
「深川・本所」の大型カラー地図をはじめ、地図や読み物満載。由蔵と少女おこんの出会いを描いた書き下ろし「跡継ぎ」（シリーズ番外編）収録。

鈴木英治
口入屋用心棒 1
逃げ水の坂
長編時代小説
〈書き下ろし〉
仔細あって木刀しか遣わない浪人、湯瀬直之進は、江戸小日向の口入屋・米田屋光右衛門の用心棒として雇われる。好評シリーズ第一弾。

鈴木英治
口入屋用心棒 2
匂い袋の宵
長編時代小説
〈書き下ろし〉
湯瀬直之進が口入屋の米田屋光右衛門から請けた仕事は、元旗本の将棋の相手をすることだったが……。好評シリーズ第二弾。

鈴木英治　口入屋用心棒3　鹿威《ししおど》しの夢　長編時代小説〈書き下ろし〉

探し当てた妻千勢から出奔の理由を知らされた直之進は、事件の鍵を握る殺し屋、倉田佐之助の行方を追うが……。好評シリーズ第三弾。

鈴木英治　口入屋用心棒4　夕焼けの甍《いらか》　長編時代小説〈書き下ろし〉

佐之助の行方を追う直之進は、事件の背景にある藩内の勢力争いの真相を探る。折りしも沼里城主が危篤に陥り……。好評シリーズ第四弾。

鈴木英治　口入屋用心棒5　春風《はるかぜ》の太刀　長編時代小説〈書き下ろし〉

深手を負った直之進の傷もようやく癒えはじめた折りも折り、米田屋の長女おあきの亭主甚八が事件に巻き込まれる。好評シリーズ第五弾。

鈴木英治　口入屋用心棒6　仇討ちの朝　長編時代小説〈書き下ろし〉

倅の祥吉を連れておあきが実家の米田屋に戻った。そんな最中、千勢が勤める料亭・料永に不吉な影が忍び寄る。好評シリーズ第六弾。

鈴木英治　口入屋用心棒7　野良犬の夏　長編時代小説〈書き下ろし〉

湯瀬直之進は米の安売りの黒幕・島丘伸之丞を追う的場屋登兵衛の用心棒として、田端の別邸に泊まり込むが……。好評シリーズ第七弾。

鈴木英治　口入屋用心棒8　手向けの花　長編時代小説〈書き下ろし〉

殺し屋・土崎周蔵の手にかかり斬殺された中西道場一門の無念をはらすため、湯瀬直之進は復讐を誓う……。好評シリーズ第八弾。

鈴木英治　口入屋用心棒9　赤富士の空　長編時代小説〈書き下ろし〉

人殺しの廉で南町奉行所定廻り同心・樺山富士太郎が捕縛された。直之進と中間の珠吉は事の真相を探ろうと動き出す。好評シリーズ第九弾。

鈴木英治

口入屋用心棒10 雨上《あめあが》りの宮《みや》

長編時代小説〈書き下ろし〉

死んだ緒加屋増左衛門の素性を確かめるため、探索を開始した湯瀬直之進。次第に明らかになっていく腐米汚職の実態。好評シリーズ第十弾。

鈴木英治

口入屋用心棒11 旅立ちの橋

長編時代小説〈書き下ろし〉

腐米汚職の黒幕堀田備中守を追詰めようと策を練る直之進は、長く病床に伏していた沼里藩主誠興から使いを受ける。好評シリーズ第十一弾。

鈴木英治

口入屋用心棒12 待伏せの渓《たに》

長編時代小説〈書き下ろし〉

堀田備中守の魔の手が故郷沼里にのびたことを知り、江戸を旅立った湯瀬直之進。その道中、直之進を狙う罠が……。シリーズ第十二弾。

鈴木英治

口入屋用心棒13 荒南風《あらはえ》の海

長編時代小説〈書き下ろし〉

腐米汚職の真相を知る島丘伸之丞を捕えた湯瀬直之進は、海路江戸を目指していた。しかし、黒幕堀田備中守が島丘奪還を企み……。

鈴木英治

口入屋用心棒14 乳呑児《ちのみご》の瞳《め》

長編時代小説〈書き下ろし〉

品川宿で姿を消した米田屋光右衛門の行方をさがすため、界隈で探索を開始した湯瀬直之進。一方、江戸でも同じような事件が続発していた。

鈴木英治

口入屋用心棒15 腕試しの辻

長編時代小説〈書き下ろし〉

妻千勢が好意を寄せる佐之助が失踪した。複雑な思いを胸に直之進が探索を開始した矢先、千勢と暮らすお咲希がかどわかされかかる。

鈴木英治

口入屋用心棒16 裏鬼門《うらきもん》の変

長編時代小説〈書き下ろし〉

ある夜、江戸市中に大砲が撃ち込まれる事件が発生した。勘定奉行配下の淀島登兵衛から探索を依頼された湯瀬直之進を待ち受けるのは?!

藤原緋沙子　藍染袴《あいぞめばかま》お匙帖　風光る
時代小説〈書き下ろし〉
医学館の教授方であった父の遺志を継いで治療院を開いた千鶴が、御家人の菊池求馬とともに難事件を解決する。好評シリーズ第一弾。

藤原緋沙子　藍染袴《あいぞめばかま》お匙帖　雁渡《かりわた》し
時代小説〈書き下ろし〉
押し込み強盗を働いた男が牢内で死んだ。牢医師も務める町医者千鶴の見立ては、鳥頭による毒殺だったが……。好評シリーズ第二弾。

藤原緋沙子　藍染袴《あいぞめばかま》お匙帖　父子雲《ちちこぐも》
時代小説〈書き下ろし〉
シーボルトの護衛役が自害した。長崎で医術を学んでいたころ世話になった千鶴は、シーボルトが上京すると知って……。シリーズ第三弾。

藤原緋沙子　藍染袴《あいぞめばかま》お匙帖　紅《あか》い雪
時代小説〈書き下ろし〉
千鶴の助手を務めるお道の幼馴染み、おふみが許嫁の松吉にわけも告げず、吉原に身を売った。千鶴は両親のもとに出向く。シリーズ第四弾。

藤原緋沙子　藍染袴《あいぞめばかま》お匙帖　漁《いさ》り火《び》
時代小説〈書き下ろし〉
岡っ引の彌次郎の刺殺体が神田川沿いで引き上げられた。半年前から前科者の女衒を追っていたというのだが……。シリーズ第五弾。

藤原緋沙子　藍染袴《あいぞめばかま》お匙帖　恋指南
時代小説〈書き下ろし〉
小伝馬町に入牢する女囚お勝から、娑婆に残してきた娘の暮らしぶりを見てきてほしいと頼まれた千鶴は、深川六間堀町を訪ねるが……。

藤原緋沙子　藍染袴《あいぞめばかま》お匙帖　桜紅葉《さくらもみじ》
時代小説〈書き下ろし〉
「おっかさんを助けてください」。涙ながらに訴える幼い娘の家に向かった女医桂千鶴の前に、人相の悪い男たちが立ちはだかる。